UNA

TRIBU

ANTONIO MALPICA

UNA

T
R
I
B
U

WITHDRAWN

ALFAGUARA

Una tribu

Primera edición: febrero de 2018

D. R. © 2018, Antonio Malpica

D. R. © 2018, derechos de edición mundiales en lengua castellana:
Penguin Random House Grupo Editorial, S. A. de C. V.
Blvd. Miguel de Cervantes Saavedra núm. 301, 1er piso,
colonia Granada, delegación Miguel Hidalgo, C. P. 11520,
Ciudad de México

www.megustaleer.com.mx

D. R. © 2018, Seb McKinnon/Five Knights Productions, por la ilustración de cubierta
Diego Medrano, por el diseño de cubierta

ISBN: 978-607-316-138-1

Impreso en México – *Printed in Mexico*

El papel utilizado para la impresión de este libro ha sido fabricado a partir de madera procedente
de bosques y plantaciones gestionadas con los más altos estándares ambientales, garantizando
una explotación de los recursos sostenible con el medio ambiente y beneficiosa para las personas.

Penguin
Random House
Grupo Editorial

A María Cristina Vargas, ángel incidental

O currió un viernes por la mañana de inicios de 1982. Jamie, la secretaria del señor Robbins le anunció que había un hombre esperándolo en el vestíbulo. En aquel entonces la compañía de ropa para exteriores aún se llamaba Mountain Paraphernalia y se puede decir que se encontraba en esa franja de incertidumbre en la que aún no se sabe si se va a triunfar o a quebrar estrepitosamente. El señor Robbins no tenía demasiados pendientes y sólo preguntó a Jamie si tenía idea de qué asuntos llevaban a ese hombre con él. Lo único que le transmitió Jamie es que se trataba de un hispano de mediana edad. Royal Robbins lo hizo pasar a su oficina.

—Gracias por recibirme —dijo el hombre al entrar, en un inglés californiano perfecto.

—Tome asiento, señor... —esbozó Robbins a manera de saludo, mientras le estrechaba la mano.

—Connors, Don Connors —declaró el sujeto.

Con cierta tonalidad de piel cobriza, el hombre, en efecto, parecía hispano, pero el apellido engañaba. Iba vestido con uno de los suéteres de lana de Mountain Paraphernalia, además de pantalón de lona y botas de trabajo. Puso sobre el escritorio del director de la compañía una libreta forrada en cuero y atada con una cinta.

—¿Qué puedo hacer por usted, señor Connors?

—Es bueno este suéter que venden, ¿eh? Para no quitárselo en todo el invierno.

Robbins sólo sonrió. Hubiera podido compartir con él que los estaban importando de Lake District en Inglaterra, pero su natural templanza le forzó a, simplemente, esperar. Tal vez se tratara de un posible cliente, de un posible proveedor. Tal vez ninguno de los dos y sólo se tratara de algún activista social en busca de fondos.

—Hace un rato ya que no va al Yosemite, señor Robbins.

Algo cambió en el semblante del director de Mountain. Por supuesto, la palabra no le era indiferente.

—¿Es usted de allá, señor Connors? ¿De la Sierra Nevada?

—Puede decirse que sí. Le sorprendería saber de quién desciendo, pero antes... permítame intentar algo con usted.

Tomó un bolígrafo del escritorio sin pedir permiso. Robbins se puso un poco a la defensiva. Nunca se sabe si éste será el día en que entre un loco a la oficina.

—Téngame un poco de confianza, señor Robbins —dijo Connors—. Déjeme decirle que soy un fan. Leí Basic Rockcraft y Advanced Rockcraft con gran interés. Siento gran admiración por lo que ha hecho como alpinista.

Al escuchar Robbins que mencionaba los dos libros que había escrito sobre montañismo, se relajó un poco. Además... siempre que alguien le mencionaba el valle del Yosemite, sentía propensión a la amistad.

—Préstame su brazo, Royal... —dijo Connors—. Cualquiera de los dos.

Robbins le extendió el brazo derecho y Connors le descubrió la muñeca por el lado de la palma. Luego tomó el bolígrafo. Iba a hacer una marca pero antes habló:

—Tengo que confesarle que estoy aquí por un sueño. Un sueño en el que se mostró ante mí Witapy. Petirrojo.

—No lo comprendo.

—Creo que ambos comprenderemos en un minuto. O tal vez me marche del mismo modo en que llegué.

Robbins no pudo evitar mirar el cuadernillo que había puesto Connors sobre su escritorio.

El visitante, entonces, trazó con lentitud un par de líneas paralelas en la muñeca del hombre tras el escritorio. Ambas líneas en forma perpendicular al dibujo de las venas, en el nacimiento de la mano. Luego, sin liberar el brazo de Robbins, le ofreció el bolígrafo.

Royal Robbins entonces, como si obedeciera a algún mandato instintivo, tomó la pluma. Miró a los ojos a Connors y creyó comprender. Con su propia mano inició el dibujo de una tercera línea paralela pero, a la mitad, cambió el rumbo y abrió un poco la terminación, consiguiendo que ésta tuviese un ángulo de unos treinta grados de apertura con respecto a las otras dos.

—Lo sabía —resolvió Connors, soltando el brazo de su interlocutor.

—Aunque no lo crea... sigo sin comprender.

—Pero completó el trazo. Y es exacto.

—Y, no obstante, no sé cómo o por qué. He tenido esa imagen en mi cabeza por algunos años. Y nunca he sabido interpretarla.

—Es el tatuaje que llevaba Petirrojo en la muñeca.

Royal Robbins se sentía excitado, confundido, aturdido. Pero, en cierto modo, feliz. Ese hombre traía respuestas consigo. Y eso era, en gran medida, maravilloso. Con nadie había hablado de la imagen de las tres líneas, ni siquiera con Liz, su esposa. Y ahora... súbitamente... un viernes cualquiera...

Don Connors se echó hacia atrás en la silla. Sonrió. Estudió a Robbins con la mirada.

—Usted no es descendiente de mexicanos —dijo el director de Mountain.

—No. Soy descendiente de indios miwok del valle del Yosemite.

—Debí suponerlo.

Robbins también se echó hacia atrás. Sonrió igualmente. Ambos hombres se midieron con la mirada. El de piel morena sacó unos cigarros y preguntó si podía fumar. El otro le concedió el permiso acercándole un cenicero, aunque no aceptó el pitillo que Connors le ofrecía. Una primera voluta de humo surcó el aire de la habitación antes de que se reiniciara la plática.

—¿Sabe que esto mismo lo hice con Warren Harding?

Los recuerdos se agolparon en la mente de Robbins. Aquellos años de competencia entre él y Harding en el Camp 4 del valle del Yosemite. Al final, había tenido que dimitir ante el loco de Harding, quien escaló la pared vertical del Capitán por primera vez en la historia. Nada más y nada menos que tres mil pies de ascenso. Casi un kilómetro de escalada.

—¿Lo vio recientemente? ¿Cómo está?

—Bien. Creo —dijo Connors—. Pero no pudo completar el dibujo. ¿Sabe por qué?

—Ni siquiera sé por qué yo sí pude. ¿Cómo voy a saber por qué él no?

Connors parecía muy complacido por todo. No dejaba de sonreír. De cruzar una u otra pierna.

—Fue hace unos tres meses. Soñé con Petirrojo y con la marca en su muñeca. No es que él me pidiera en sueños que lo hiciera; fue iniciativa mía. Por eso creí que había sido una locura. Finalmente, fui a ver al señor Harding y me recibió muy amablemente. Pero no completó el trazo y yo quedé como un imbécil. Hasta esta semana, en la que volví a soñar con Petirrojo. Tres veces en una noche. Por eso me animé a venir a buscarlo, señor Robbins. Y ahora me congratulo por haberlo hecho.

Robbins se sirvió agua en un vaso de la jarra llena que siempre le dejaba Jamie. Dio un par de tragos. Le ofreció a Connors, y se sirvió él mismo.

—Explíqueme, por favor.

—Todo está aquí —dijo Connors palmeando la libretita—. Un objeto que ha pasado de generación en generación hasta mis manos. Mi padre lo recibió de mi abuelo y éste de su padre, el mismísimo Petirrojo.

—¿Quién es Petirrojo?

—El hijo segundo de Tenaya.

—Lo siento. Quedo en las mismas.

Connors apagó el cigarro. Sacudió las manos para esparcir el humo de su última aspiración. Se echó hacia delante.

—En principio creí que Harding debía formar parte de esta especie de cofradía por haber sido "el primero" en escalar El Capitán —exclamó haciendo énfasis en el entrecomillado, que intrigó a Robbins—. Pero no es eso lo que hace a alguien formar parte de dicha hermandad espiritual. Es otra cosa.

—¿Qué, si se puede saber?

—El respeto —espetó Connors con su casi enfadosa sonrisa de maniquí—. Usted tenía una ética de ascenso que estaba basada en el respeto. Y Harding no. ¿O me equivoco?

—Bueno... si leyó mis libros ya lo sabe. Siempre he creído que hay que subir haciendo el menor daño posible a la roca.

Volvieron los recuerdos. Warren Harding y su equipo habían conseguido subir al Capitán, una de las cumbres más altas del Yosemite, en 45 días durante 1958, utilizando una técnica que a él le pareció reprobable, pues abusaron por completo del granito, insertando picas, tornillos y poleas a más no poder y dejando, además, sobre la piedra dichos aditamentos. Con todo, no podía restarle mérito a la operación, Harding había sido el primero en llegar a la cumbre trepando por la pared.

¿O no?

Él mismo, cuando escaló en 1961, tuvo que reconocer que no era una tarea fácil. Mucho menos si se persigue la meta sin causar perjuicio a la naturaleza. Y Harding había llegado primero.

Connors se puso de pie. Empujó hacia él el cuadernillo de cuero marrón.

—Lea esto, señor Robbins. Volveré para el lunes. Le prometo que le resultará muy ilustrativo.

Estrechó la mano del director de Mountain Paraphernalia y, sin decir más, abandonó la oficina.

Royal Robbins se quedó mirando por un buen rato el sitio que había dejado vacío Don Connors. Tardó aún más en decidirse a tomar la libreta. En desatar la cinta que la rodeaba.

HERMANO AMERICANO, escribo estas líneas
para dejar constancia de los hechos ocurridos
cuando yo todavía era joven y corrían tiempos
aún dignos de asombro.

Hermano americano, lego a ti estas palabras abrigando el anhelo de que hagan eco en ti y en tu gente, que también es mi gente.

Hermano americano, hago votos al Gran Espíritu para que abra tu corazón y tu entendimiento a mi voz y al sonido de la tierra.

Hoy corre ya el año 1903. Y parece tan lejano lo que aconteció y que narro aquí, que será para mí como si hablase de otra persona cuando diga Petirrojo o Witapy. O "Piedra". Pero créeme que todo fue cierto. Y que el que esto discurre lo vivió en su carne y en su mente. Ahora respondo al nombre de Peter Connors, y es verdad que fui aceptado en la iglesia bautista y que mis hijos y mis nietos tienen nombres de hombre blanco... pero hubo un tiempo en el que estuve orgulloso de saberme miembro de los habitantes del Ahwahnee, hermanos del grizzly, el río y el árbol. Un tiempo en el que el universo entero iniciaba y terminaba en nuestro valle, alimentado por el río Merced y custodiado por el gran Tutokanola.

Ahora uso estas ropas y este nombre porque para mí, como para cualquier yosemite, aceptar vivir en una reserva hubiese sido como la muerte.

Y de eso trata este relato. De lo verdaderamente importante. Y de lo que tiene que hacer un hombre para demostrárselo a sí mismo y a los demás.

Has de saber también, hermano americano, que me he animado a escribirlo todo ahora porque sé que mis días están contados y porque, después de mucho meditarlo, comprendí que lo que logré el día que murió mi padre no puede ser silenciado. No para gloria mía sino de mi gente. Y la memoria de mi gente. Pues cualquiera que hiere la tierra con su planta merece ser recordado. Y aún más si lo hace en representación de un pueblo.

Escribo, pues, esto para que no se pierdan con mis cenizas los sucesos de aquel día en que los mono, en pie de guerra, llegaron al Ahwahnee y contemplaron a mi tribu con los ojos puestos en la inmensa pared vertical de Tutokanola. Para que no se pierda mi proeza, que es la proeza de todos los ahwahneechee. Y que estas letras sean como un surco imborrable en la piedra inamovible del tiempo.

También es cierto que no habría decidido plasmar al fin esta historia si no me hubiese enterado de la reciente muerte del doctor Bunnell, quien hace unos quince años me ayudó a completar el cuadro. Él mismo escribió su propia versión de los acontecimientos y por ello le estoy muy agradecido, pues en su momento me recibió como a un amigo y me permitió anotar fechas, nombres y percepciones, todo desde la visión del hombre blanco. Su muerte me sacudió, he de admitirlo, como si se tratase de la de un pariente. Y me hizo pensar que, si él no hubiese escrito el libro, su propia memoria sería ahora polvo en el viento. Seguir su ejemplo, pensé, es lo menos que puedo hacer en retribución a Tenaya y a su gente.

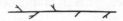

Tenaya fue mi padre. Era jefe de los yosemite. Creo que esta labor de la pluma y el papel es más su historia que la mía y de mis hermanos, pues termina el día en que murió junto con su tribu. El mismo día que, en cierto modo, murió también Petirrojo y nació Peter Connors.

Cuándo exactamente nació Tenaya o el mismo significado de su nombre son cosas que no puedo decir, al igual que tampoco puedo compartir el año de mi propio nacimiento. Al paso de los años he conjeturado que nací en 1831, así que es muy posible que mi padre naciera antes que culminara el siglo anterior, pues era mayor que yo en al menos unos cuarenta años. Tal vez podría afirmar que nació en 1790, pero sería sólo un invento irrelevante.

Su nombre, como ya dije, no tenía significado alguno. Tenaya era una palabra que, aunque de sonoridad miwok, no representaba nada. Y cuando uno conoce la historia, puede comprender por qué.

Mi padre formaba parte de la tribu de los mono paiute, en las zonas más apartadas de la sierra. Nunca nos habló de su propia familia o de sus propios orígenes, pero mis hermanos y yo sabíamos que su leyenda nos lo mostraba huérfano. ¿Cómo murieron nuestros abuelos? Imposible saberlo. Pero sí sabíamos, por referencias de otros ancianos de los yosemite, que el propio jefe de los mono lo acogió y lo educó como si fuera su propio hijo.

Al crecer y hacerse hombre, mi padre se sintió fuera de sitio. También es un misterio el porqué de dicho sentimiento, pero es cierto que abandonó la tribu en cuanto pudo y se estableció en el valle del Ahwahnee. Él solo. Como si fuese un paria o un delincuente. Sabemos que su padre adoptivo, el jefe de los mono, le permitió marcharse e incluso lo despidió con cariño, como si hubiese sabido desde el principio que debía volar del nido en algún momento. Pero también es cierto que no lo ayudó de ninguna manera. Mi padre se fue apenas con lo que tenía puesto, su arco, algunas flechas y un chokoni lleno de comida.

En ese entonces el valle del Ahwahnee, hoy conocido como valle del Yosemite, era un valle prohibido. La fuerte presencia de espíritus malignos impedía a cualquiera asentarse ahí. Incluso el oso, el lobo y el mapache se apartaban de la zona, a pesar de la riqueza y hermosura del lugar.

Pero ahí fue donde Tenaya, después de caminar sin rumbo, decidió quedarse, desobedeciendo a las recomendaciones de todos los chamanes de las tribus vecinas de no pernoctar una sola noche bajo la mirada del gran Tutokanola.

¿Valentía? ¿Estupidez? Mi padre nunca se envaneció por ello. Como si siguiese el dictado de la voz del Gran Espíritu, supo desde el principio que tenía que quedarse ahí. La majestuosidad del paisaje le pareció digna de ser reclamada. Y así lo hizo. Sencillamente, se quedó. Montó su choza. Comenzó a cazar. Se olvidó de que alguna vez tuvo un pasado.

Todo en el valle es grande y poderoso.

No he conocido hombre blanco que no se maraville ante lo que le muestran sus ojos la primera vez que pone un pie en el Yosemite.

El doctor Lafayette Bunnell fue el primero de su raza y dejó constancia en sus escritos. Pero a él le han seguido muchos. Y a todos les invade una sensación de pequeñez e insignificancia cuando se enfrentan a tanta majestuosidad.

Naturalmente, las sequoias, los árboles más altos y longevos del mundo, invitan a un sobrecogimiento casi místico. Pero es Tutokanola, la cumbre que hoy se conoce como El Capitán, el principal motivo de asombro e ímpetu reverencial. Conocí a un hombre que admitió haber hecho la señal de la cruz en cuanto su mirada abarcó por primera vez el valle, las cascadas, el lago, las cimas, como si hubiese entrado a un templo cristiano cuyo abovedado techo fuese el azul del cielo. No lo culpo. Acaso no haya otro lugar en América en donde sea más evidente el paso del Gran Espíritu por la tierra. Y su permanencia con nosotros.

Todo es enorme y poderoso en el Ahwahnee. Y esto comprende también un sentimiento de júbilo, tranquilidad, armonía y hermandad que invade a cualquiera que permanezca ahí por más de dos jornadas. Lo sé porque los ahwahneechee vivimos ahí desconociendo por completo el odio y la guerra durante los años que fuimos cobijados por el gran Tutokanola. Parece un cuento o un desvarío de la mente, pero te aseguro que es completamente cierto. Hasta la llegada del hombre blanco y su absurda codicia, no hubo necesidad de derramar la sangre de ningún hermano. Y no creo exagerar cuando he dicho en otras ocasiones que en ese valle inició la creación del mundo.

Mi padre hablaba poco de sus primeros años en el valle, pero sabemos que no esperaba nada y vivía como deben haber vivido los primeros hombres. Poco a poco se fue propagando el rumor de aquel hombre que habitaba el valle prohibido y el interés en las tribus aledañas se fue despertando. Muchos sintieron el llamado y acudieron. Los kaweah, los chowchilla, los mono, los pohonochee. Todos contaban, entre sus familias, gente que no se sintiera parte del orden establecido: viudas, hombres solos, niños sin padres, chamanes señalados como brujos. La tribu de los ahwahneechee comenzó a formarse por gente que prefería iniciar una nueva vida en otro lado a seguir con los suyos en el mismo lugar. Con el paso de los días se empezaron a congregar más y más hasta que Tenaya tuvo que considerarse a sí mismo el obligado jefe de una nueva tribu. El nombre era lo de menos. *Ahwahneecchee* significa "habitantes del Ahwahnee". Y, al igual que su fundador, no esperaban nada excepto poder vivir en paz.

La gente resentida de las tribus los llamaron, en cambio, *yosemite*, que significa "los que matan", porque Tenaya nunca negó refugio a persona alguna, sin importar su relación con otras tribus; para mi padre no existía el pasado. Aceptaba tanto a santos como a criminales. En principio hubo quien pensó que la palabra era una referencia al oso grizzly, por la palabra miwok *ysymati*, pero bien pronto se supo que era una variante de otra jerga. Sin embargo, a ningún yosemite importó el apelativo, incluso puedo decir que lo adoptamos sin rencor. Al final, como una ironía del destino, fue yosemite la palabra que prevaleció. Y con la que somos y seremos recordados.

¿Era Tenaya un hombre sabio? No lo creo. Yo, que lo conocí muy de cerca y que me quiso y lo quise, creo poder decir que sólo era un hombre que deseaba lo mejor para sí y para su gente. En muchas ocasiones pensé en él como una víctima. Si hubiese sido más fuerte... si hubiese sido más violento... si hubiese sido un mejor guerrero...

Mis primeros recuerdos están impregnados de esa armonía que nos situaba en la cima del mundo. Me veo a mí y a mis hermanos jugando en el río, chapoteando en el lago, trepando a los árboles, rodando en la nieve.

En aquel entonces, mi padre sólo tenía una esposa: Nyka, es decir, Lluvia. Y de ella nacimos los únicos tres hijos varones que tuvo como descendencia. Ciwe, Conejo, fue el mayor. Lo seguía Witapy, Petirrojo, quien esto escribe. Y, al final, Ysymati, Oso, el tercero y favorito de mi padre.

La palabra *miwok* significa "gente". Y todos en el valle conservamos dicha acepción. ¿Por qué hago énfasis en esto, hermano americano? Porque el miwok, en principio, no distingue tribus. Reconoce a otros también como miwok, aunque hablen otra lengua y tengan otras costumbres, como si el mundo entero fuese poblado por una sola tribu: los miwok, la gente. Cuando nosotros habitábamos el Yosemite, pensábamos que el mundo empezaba y terminaba en el valle, pues nada extrañábamos fuera de éste. Ahí mismo cazábamos, pescábamos y recolectábamos.

Ahí mismo nacíamos y moríamos. Ahí mismo, bajo el resguardo de Tutokanola y el soplo de vida de Wahwonah, estaba el universo entero.

En mis primeros recuerdos, veo a Oso y a Conejo corriendo tras de mí, a la orilla del río, disparando las flechas de punta envuelta en piel que nos obsequiaba mi padre. Conejo debe de haber tenido nueve, yo siete y Oso seis.

"¡Estás muerto, Petirrojo!", diría Oso al tocarme con su flecha, siempre más hábil en todos los aspectos, a pesar de ser el menor.

Y yo caería al suelo. Y ellos harían como si me devoraran ahí mismo.

Piensa un poco, hermano americano, en eso que llaman progreso hoy en día. Sacúdelo de tu mente y trata de figurarte un mundo sin nada de ello. Insisto en esto porque es posible que la felicidad esté más al alcance mientras menos intervención del hombre haya en la naturaleza, y más de la naturaleza en el hombre.

Imagina un mundo sin objetos de metal; nosotros no los teníamos, las hachas eran de piedra y las flechas, arpones y lanzas, de obsidiana; ni siquiera contábamos con cerámica de arcilla. Imagina un mundo sin textiles; hacíamos canastas trenzando fibra pero toda nuestra ropa y calzado eran pieles de animales. Imagina un mundo sin agricultura; toda nuestra comida provenía del bosque, obteníamos la carne cazando y pescando, y agradecíamos poder tomar de los alrededores las semillas, hierbas y bellotas. Imagina un mundo sin religión; los ahwahneechee reconocíamos la existencia de Manitou, el Gran Espíritu, y de la vida después de la vida en el lugar feliz hacia el oeste, pero no reverenciábamos a nadie y nunca construimos un tótem. Imagina un mundo sin reloj ni calendario; cuando hacía falta, llevábamos un conteo de días anudando lazos, pero siempre nos regimos por las estaciones y el paso del sol o la luna.

No quiero decir con esto que el hombre moderno no pueda ser feliz. Tan lo puede que yo mismo, hoy en día, afirmo que lo soy y lo he sido. Y mi actual labor como relojero parece, sí, una ironía. Pero la felicidad no depende de un telegrama o de un viaje en automóvil, sino de la paz con tu hermano y con tu entorno. Tanto en el siglo veinte como en el diecinueve, en la indómita Sierra Nevada o en el bullicioso San Francisco. Al menos eso creo porque es lo que yo, Pete Connors, he vivido.

Cuando nací, la tribu ya vivía como si llevase asentada en el valle cientos de años. La aldea ya contaba con su propia casa ceremonial, cinco chuckahs: almacenes repletos de granos, dos sudatorios y aproximadamente unas setenta wetus, en las que vivían los ahwahneechee sin mayor apuración que la de la supervivencia. Mis hermanos y yo nunca subimos a una canoa porque no había ningún interés por salir del valle; jamás montamos un caballo por la misma razón, aunque sí degustamos su carne, que siempre consideramos exquisita, porque para nosotros los caballos eran como ciervos o alces. Mis hermanos y yo nunca peleamos porque no existía la propiedad privada y lo único que nos ocupaba del futuro era estar bien preparados para el siguiente invierno.

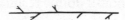

Tenaya no era un hombre sabio pero era un hombre justo y todos confiábamos en él. Sus hijos principalmente. Lo único que recuerdo que nos prohibía, con severidad, a todos, era la contemplación del valle desde la cima de Tutokanola. Le parecía la mayor de las arrogancias porque, según él, sólo aquel que venciera a la Piedra Jefe podría dominarla desde la altura. Se refería a aquel que la escalara por su cara vertical de granito, cosa absolutamente imposible. Todos hubiésemos podido ascender a la cumbre del gran gigante por la ladera escarpada opuesta a la pared, pero nadie jamás lo hizo. Y tampoco nadie mostró mayor interés en ello. Mi padre, a pesar de no ser un hombre religioso, al menos confiaba en dos entes espirituales ajenos a Manitou. Tutokanola era uno; Wahwonah, el Gran Árbol, el otro. Ambos, como ya se verá, parte fundamental de mi vida y de mi historia.

Creo que en el fondo siempre me consideré especial. Pero no siempre en el mejor de los sentidos. Esto quedó de manifiesto al menos en un par de ocasiones, pero ejemplos sobran donde resultaba más que evidente que, de los tres hermanos, yo era el más lento, el menos sagaz, el más pensativo, el menos brillante.

Conejo era el hombre más jovial, más simpático, más apuesto y parlanchín de toda la tribu. Siempre estaba de broma y siempre de buen humor. Su carácter lo impulsaba a estar en todos lados y formar parte de todas las empresas; era incapaz de estarse quieto. Es costumbre miwok conceder suma importancia a todos aquellos cuya inclinación es la música, el canto, el relato. Mi hermano Ciwe siempre mostró aptitudes para ello, para la flauta y el tambor, el cántico y la invención. Desde mucho antes de su fiesta de pubertad lo supimos. Pero también supimos que su propia naturaleza nos tendría reservadas sorpresas aún. Y así fue cuando llegó el hombre blanco a la región, cuando empezó la fiebre del oro y Conejo comenzó a ausentarse por largas temporadas. Aunque él hubiese podido heredar el liderazgo de mi padre a su muerte por ser el hijo mayor, no parecía muy factible, dado su carácter imprevisible. En todo caso, blanco, moreno o piel roja, nadie podía conocer a Conejo y no amarlo al instante.

Oso, en contraparte, era de pocas palabras y de muchas acciones. Si había que escalar un árbol hasta las últimas ramas, él lo hacía. O cazar un grizzly. O matar un lobo. Era el mejor con el arco y la lanza. En lo absoluto era el más simpático pero sí el más fuerte y el más confiable. Nunca vi a mi hermano Ysymati quejarse de nada y nunca lo vi derramar una lágrima. A nadie le quedaba duda de que él heredaría el sitio de Tenaya. Y la tribu entera se complacía en ello, incluyendo a sus hermanos.

Por otro lado, Petirrojo, quien esto escribe, se debatía entre la sensibilidad y la fortaleza, sin nunca acabar de decantarse por ninguna. En un lugar donde el temor no debería existir, yo estaba todo el tiempo como si aguardara una terrible catástrofe. Mi padre lo justificaba diciendo que era el que más había sufrido en la infancia. Y es cierto. Una estación completa padeciendo fiebres casi me arrebata la vida a mi quinta primavera, según dicen, por haber visto un fantasma. En mi descargo diré que nunca dejé de ser feliz, pero siempre me consideré inferior a mis hermanos. Es justo aclarar, no obstante, que nunca dejé de amarlos.

Fue justo un año antes del rito de pubertad de Conejo cuando comprendí que mi destino en la tierra sería distinto al de mis hermanos. Una tarde oscura de estío, mi padre nos llevó aparte a la casa ceremonial, que era un recinto vasto y, por lo regular, vacío, excepto durante la ukana, cuando se celebraba el consejo.

"El Gran Árbol me ha pedido que lo visiten", dijo.

He de admitir que los tres reímos y él no lo tomó a mal. Éramos niños todavía.

"Sé cómo suena eso, pero es verdad", aclaró.

Mi padre no creía demasiado en la magia. No más de lo que creería un hombre blanco de estos tiempos. Pero el sueño lo había perseguido por más de cinco noches y, después de todo, el valle nunca había dejado de ejercer el poder de lo místico en él. No creía demasiado en esas cosas, pero creía en Manitou, en Tutokanola y en Wahwonah.

"¿Qué hay que hacer, padre?", preguntó Oso, siempre el más obediente.

"Han de ir y quedarse con él hasta que les revele su voluntad."

Nos pedía que nos internáramos en lo que hoy se conoce como la arboleda de Mariposa, que diéramos con Wahwonah, que es la sequoia más vieja del lugar, y que esperáramos a que nos confiara sus deseos. Un árbol. Un árbol debía hablarnos. Volvimos a reír, acostumbrados a siempre estar de buenas. Mi padre nos tenía tanto cariño y confianza, que era raro cuando nos reprendía o se molestaba con nosotros. Pero en esa ocasión la gravedad de su semblante hablaba por sí sola.

"Así lo haremos, padre", dijo Oso. Y los otros dos lo apoyamos.

Las instrucciones fueron someras. Internarse en el bosque. Dar con Wahwonah. Ponerse a sus órdenes. Esperar.

"¿Cómo sabremos qué árbol es el que te ha hablado en sueños, padre?", pregunté yo, realmente interesado en cumplir con lo que esperaba.

"Lo sabrán", dijo simplemente.

Salimos al día siguiente. Llevábamos provisiones para tres días, pero no nos preocupaba ni el hambre ni el clima, aunque había estado lloviendo torrencialmente esa primavera. Éramos unos niños pero habíamos dormido fuera de la aldea muchas veces. Para nosotros eso era como un juego distinto, pero juego al fin.

Pienso en el día en el que nos capturaron los hombres del capitán Boling, varios años después, y es casi como si fuese ese mismo día en que salimos al bosque en pos de nuestro destino. También nos encontrábamos en plan de broma. También nos parecía que todo tenía que salir bien simplemente porque las cosas en el Yosemite siempre salían bien. Aunque en esa ocasión éramos cinco, también era como salir de excursión por órdenes de nuestro padre. Y por ello, y nada más por ello, el resultado tendría que haber sido satisfactorio. A veces pienso en ese día, cuando el batallón Mariposa nos hizo sus prisioneros, como el día en que empezamos realmente a perder la inocencia. El justo día en que todos dejamos de ser niños, a pesar de ser, los cinco cautivos de aquella vez, adultos en toda forma.

En todo caso, aquel día de nuestra verdadera infancia, cuando fuimos a rendir pleitesía a Wahwonah, no tenía nada de particular. Una llovizna persistente y nada más. Anduvimos uno detrás de otro riendo y coreando las canciones que Conejo no dejaba de entonar hasta llegar a lo más espeso del bosque. Varias veces habíamos estado ahí pero nunca en una misión tan desconcertante como solemne.

"Oh, señor árbol", bromeó Conejo en cierto momento, cuando nos envolvió el rumor de la lluvia y la noche estaba a punto de caer sobre nosotros. "Le rogamos que hable pronto pues la lluvia para nosotros es bastante menos agradable que para usted."

Reí un poco. Oso mantuvo su solemnidad. El aguacero arreció.

"Busquemos dónde refugiarnos", dijo mi hermano menor ante el evidente silencio de todos los árboles de la zona.

Y así lo hicimos. Encontramos una cueva sin fauna que nos permitió mantenernos secos y encender un fuego. Nuestras danzantes sombras, proyectadas en la pared de la cueva, que en realidad era poco profunda, me parecieron, esa primera noche, una especie de premonición. Algún día seríamos adultos. Algún día seríamos ceremoniosos. Algún día perderíamos el color y dejaríamos el juego para siempre.

Pero no esa noche en que incluso Oso rio de las imitaciones que hizo Conejo de varios ancianos de la tribu.

A la mañana siguiente, no obstante, no hubo cambio ni noticias. El día era tan fresco y luminoso como el primer día del mundo, pero nosotros no sabíamos qué hacer, hacia dónde dirigirnos, cómo dar con Wahwonah.

Para no enloquecer de aburrimiento, después de dar vueltas por la arboleda, esperando oír una voz que jamás llegaría, decidimos intentar cazar un ciervo. Puesto que aún ninguno había pasado por el rito de la pubertad, no lo habíamos hecho nunca solos. Y ésta tampoco fue la ocasión. Erramos los tiros, nos delatamos con risas explosivas, fallamos todo el tiempo. Pero nos divertimos muchísimo. Recuerdo que llegué a creer que mi padre nos había enviado a ese viaje sólo para afianzar nuestra unión fraterna.

Pero al cuarto día, cuando la comida ya escaseaba, la risa menguó de igual manera. Y también el buen ánimo. No podíamos volver sin una respuesta para nuestro padre. Pero tampoco queríamos continuar.

Esa cuarta noche dormimos con miedo. Pero fue el inicio.

En la madrugada, Conejo me despertó. Estaba oscuro todavía y, al interior de la cueva, aún más. Pero me despabilé al instante. Frente a nosotros se encontraba sentado Oso, con las piernas formando un cuadro. Frente a él, en el centro del cuadro, un ave muerta. Un pájaro impresionante con un plumaje excelso, verde y rojo, como jamás habíamos visto. Después, mucho después, supe que se trataba de un quetzal, un ave que jamás habría volado tan al norte del continente. A menos, claro, que el Gran Espíritu se lo ordenara. El cielo apenas pincelaba sus colores, pero el verde y el rojo del ave eran bastante visibles.

"Me habló", dijo con solemnidad mi hermano menor. "En sueños."

También había algo de miedo en sus palabras. Y Conejo y yo lo observamos con respeto y admiración.

"Me indicó dónde estaba mi regalo. Y aunque estaba oscurísimo pude dar con él."

"¿Tú regalo?", pregunté yo.

"Eso dijo", aclaró.

A partir de ese día, todas las flechas de Ysymati, mi hermano Oso, llevaron plumas verdes y rojas. Y nunca jamás volvió a errar un tiro. Ahí adquirió el apodo de Pluma, pero sólo Conejo y yo le decíamos así.

Gracias a la magia de las nuevas flechas de Oso comimos una buena liebre asada ese mismo día. Y tuvimos una noche quieta y sin sobresaltos. A la madrugada ya estaba ahí el segundo regalo.

"Me habló", dijo ahora Conejo. "Y caminé hasta donde me indicó."

Un pedazo de madera como jamás habíamos visto. Clara y ligera. Hueca y cilíndrica. Era evidente lo que tenía Conejo que hacer con ella.

Al igual que hizo Oso con sus plumas, mi hermano mayor se dispuso a trabajar en su regalo como si tomara dictado de una voz en su cabeza. Se puso a tallar la madera con una laja de la cueva, a hacerle incisiones con una de las puntas de sus propias flechas y no descansó hasta que consiguió lo deseado. Después, mucho después, cuando ya portaba yo ropas de hombre blanco, me enteré que mi hermano fabricó ese día su flauta, una especie de quena sudamericana, con un tubo de caña imposible de encontrar en California.

Su música aún resuena en mis oídos. La más hermosa del mundo. A partir de ese día, Oso y yo le llamamos, también, Voz.

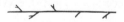

Lo natural era pensar que a mí me hablaría el Gran Árbol la siguiente noche. Y por ello me recosté en mi cama de piel de venado con mucho nerviosismo, los ojos sobre el fuego, el corazón en un puño.

Cuando desperté y el sol ardía en el horizonte, mis dos hermanos ya estaban de pie. Sentí como si les hubiera fallado.

"Ahí está tu regalo, Petirrojo", me dijo Conejo, señalando tras de mí.

Verdaderamente entusiasmado, me di vuelta. Habían puesto un mojón de ciervo a mis espaldas. Ambos rieron. Yo no.

"No lo tomes así", dijo Oso. "Seguro esta noche será."

Pero yo, que siempre había sido el más rezagado en todo, sentí que estaba siendo excluido de la repartición, acaso por mediocre. Traté de no sugestionarme y de participar en la alegría de mis hermanos, quienes ya querían volver al valle cuanto antes, para mostrar a todos no sólo que Tenaya tenía razón, sino que los regalos eran estupendos, pero honradamente no me salían las sonrisas. ¿Por qué Wahwonah me había menospreciado? ¿Puede un espíritu milenario hacer eso? ¿No hubiese facilitado las cosas decirle a mi padre que sólo enviara a sus dos hijos dilectos?

Comprenderás, hermano americano, que esa noche me acosté con la mayor congoja de mi vida. ¿Y si no me hablaba ahora tampoco?

Y no. No lo hizo.

Volví a despertar sin haber sido interpelado por voz alguna, en sueños o fuera de ellos. No pude evitar llorar y mis hermanos se dieron cuenta. Esta vez no hubo broma alguna.

Lo mismo que la noche siguiente.

Y la siguiente.

"Vuelvan al valle sin mí", les dije en cuanto abrieron los ojos después de la sexta noche de desconsuelo, una noche en la que estuve debatiéndome entre ir al bosque y buscar cualquier cosa, inventarme que se trataba de mi regalo, o simplemente admitir mi derrota.

"Vinimos tres, nos vamos tres. No seas tonto", dijo Oso. Pero yo advertí que anhelaba convencerme de que no era importante que yo no tuviese regalo alguno. Que tal vez ésa era la voluntad del Gran Espíritu y eso no me hacía peor persona.

Igual ninguno de los tres se atrevía a sugerir que era posible. Que tal vez pasarían los días y los ciclos lunares y las estaciones y yo seguiría, obcecadamente, esperando algo que jamás llegaría.

Esa séptima noche me dormí con la convicción de que nada pasaría y que ahora el problema era otro: cómo vivir con esa desilusión sin sentirme avergonzado.

Pero esa séptima noche ocurrió.

"Levántate, Petirrojo", dijo la voz. Y yo la oía sin oírla en realidad. Era un sueño y no lo era. Salí de la cueva sin sentir júbilo, tristeza, nada. Bien podía ser sólo un sueño y bien podía despertar sin que nada hubiese ocurrido. Pero recuerdo haberme levantado descalzo, haber dejado mis mocasines en la cueva, caminar sin dolor por un sendero imaginario.

"El hijo de la tierra debe vencer con la fuerza", dijo Wahwonah. Y supe que hablaba de mi hermano Oso.

"El hijo de la tierra debe vencer con la astucia." Y supe que hablaba de mi hermano Conejo.

Al fin llegué a un pequeño claro del bosque, una zona que apenas alumbraba la luna y en donde bien se habría podido montar un campamento de unas tres o cuatro tiendas. Frente a mí, una luz azul hermosa flotaba sobre la hierba como un fuego etéreo. Sentí, al verla, un brinco del corazón. Y la satisfacción de haber sido, también, elegido.

"Pero principalmente... el hijo de la tierra debe vencer..."

Entonces desperté. La luz había desaparecido.

Me encontraba de pie, solo, apenas bañado por los tenues rayos de la luna.

Cuando despertaron mis hermanos, yo llevaba mucho tiempo pensando en renegar del regalo, decirles que no había ocurrido, que tenían razón y no era importante. Pero nunca les había mentido y ése no sería el primer día.

"Pero... pero... pero..." dijo Oso al abrir los ojos.

Ciwe no dijo nada, simplemente se echó a reír.

Yo tampoco lo comprendía. Pero era innegable porque había ocurrido del mismo modo que con ellos. La voz. El sueño. La luz.

A partir de ese día también me gané el mote de Piedra, que sólo usaban mis hermanos para molestarme. Y a partir de ese día me vi condenado a cargar conmigo ese peso maldito e insoportable.

Debía pesar no más de cinco libras. Pero era una piedra, simple y llanamente. Una gran piedra no muy sólida, más blanca que gris, sin forma particular, de la que no acertaba a adivinar la utilidad. Ese último día en el bosque mis hermanos la usaron de asiento, sugirieron romperla, pintaron en el suelo con la arenilla blanca que se le desprendía... pero tampoco pudieron resolver el acertijo.

Y yo tuve que cargarla conmigo de vuelta al Ahwahnee. Arrojarla al rincón del wetu donde dormía. Pensar que hasta los espíritus me usaban de chiste.

Afortunadamente mi padre nos acogió con la misma alegría a los tres y, cuando le presenté mi regalo, no mutó su gesto sino que puso su palma en mi pecho como se hace entre nosotros para denotar cariño, respeto, lealtad.

Y no volví a pensar en el mensaje trunco de Wahwonah hasta muchos años después.

Siempre me supe especial. Pero no siempre en el mejor de los sentidos. La segunda ocasión que hube de admitir esta condición fue el día de mi rito de pubertad.

No sólo estaba nervioso, sino que me sentía totalmente incapaz de cazar por mí mismo mi primera pieza. Pero igualmente se preparó todo como debía ser. Se dispuso la casa ceremonial, pues, como segundo hijo del jefe, la fiesta debía ser magnánima, casi una ukana. Se alistó lo necesario para el tatuaje de mis muñecas. Se calentaron las piedras que habrían de soltar los vapores para el sudatorio. Se me obsequió una lanza, arco y flechas de hombre, dejando para siempre las que tenía de niño. Se me deseó suerte.

Después del sudatorio debía abandonar la aldea sin hablar con nadie y volver, yo solo, con una pieza para compartir. Una pieza que, por cierto, yo no debería probar. Naturalmente, no podía ser un conejo o un castor. Tendría que ser un venado, un oso, un mustang...

Y estaba angustiado, pero no podía hacer ese trance a un lado principalmente por una razón: Áweny. Luz de Día.

Áweny y yo habíamos crecido juntos, pero ella era un año mayor que yo. Siempre más fuerte, más veloz, más alegre. Llegó a la tribu junto con su madre siendo apenas un bebé; eran mono paiute exiliadas. Y tenía los ojos más hermosos de toda la tribu. De todas las tribus. Me enamoré de ella mientras fuimos creciendo. Y siempre abrigué la esperanza de que fuera mi esposa. De hecho, a diferencia de mi padre y mis hermanos, por alguna razón jamás me vi a mí mismo con varias esposas. Con Luz de Día solamente. Con Luz de Día nada más.

Ella había tenido su fiesta de pubertad dos años antes, lo que la hacía casadera. Pero yo no podía solicitarla como esposa hasta que no me hiciera hombre. Y cuando eso ocurrió, cuando al fin se me preparó para el rito de crecimiento, temblaba de miedo y estaba seguro de que iba a fracasar.

Me alejé del valle hacia la montaña. Tenía hasta cuatro días para volver con algo pero jamás había cazado nada antes yo solo. Oso, a pesar de aún no contar con los signos físicos visibles de hombría, era más hombre que yo. Y Conejo había pasado la prueba sin mayor problema, cazando un alce tan grande que tuvo que pedir ayuda para arrastrarlo a la aldea. Como era natural en él, usó más el cerebro que la fortaleza para conseguir sus tatuajes: aprendió a imitar el gemido de la hembra, así que el resto fue fácil.

Yo, en cambio, al tercer día por la mañana ya estaba triste y desesperado. ¿Cómo volver sin mi presa? ¿Cómo ver a los ojos a mi padre? ¿Cómo pen-

sar siquiera en desposar a Luz de Día? Había perdido dos flechas con tiros erróneos al acantilado y mi
propia provisión de comida se agotaba.

Entonces llegaron ellos a rescatarme.

"¿Ya estás listo para pedir ayuda, Piedra? ¿O esperamos a que la luna esté completa?"

Me dio gusto verlos. Es la pura verdad.

"No deberían estar aquí", dije de todos modos.

"Tienes razón. Vámonos, Oso", dijo mi hermano mayor.

"Vámonos", amenazó mi hermano menor.

Yo no abandoné el tronco sobre el que estaba sentado, esperando un milagro que, a fin de cuentas, llegó puntual. Igual les sonreí a la distancia cuando se
detuvieron en su supuesta partida y miraron hacia mí.

Era Oso el que había usado el sudatorio sin
permiso.

Después de tres días, yo ya había recuperado mi
olor natural y los animales me detectaban fácilmen-
te. Había pensado cubrirme de fango como medida
desesperada. Pero eso fue antes del milagro.

Justo a la hora del crepúsculo, tres de las flechas
de Oso atravesaron el cuello de un hermoso ciervo
macho de gran cornamenta y la lanza de Conejo, su

corazón. Ellos volvieron en seguida, así que me dejaron toda la noche para arrastrar la pieza hacia la aldea.

Al menos eso sí lo pude hacer yo solo.

Y sonaron los tambores y los cantos a mi regreso, jubilosamente.

Fue al momento en que mi padre se sentó a marcarme con las tres líneas de la tribu que comprendí que mi destino era distinto.

Al hacer el trazo sobre mi muñeca derecha, deliberadamente desvió la tercera línea, que debía ser recta como las otras dos. A la mitad cambió la dirección para que esta tercera línea tuviera un ángulo, como si fuese una rama rota.

Lo miré a los ojos, preguntándome si sabía que habíamos hecho trampa sus tres hijos.

Él me miró también, pero como siempre me había mirado. Sin otra cosa más que cariño y comprensión.

Así que no dije nada y él trazó el dibujo de la otra mano de manera exactamente igual: dos líneas paralelas y la tercera, en cambio, desviada a la mitad.

Aquí reproduzco el tatuaje que llevo en ambas muñecas y que era distinto al de todos los demás hombres en la tribu.

Después de este rito de iniciación, pude participar de la fiesta, aunque comí solamente de las galletas de masa de bellota y trébol que conformaban nuestra dieta usual, así como un poco de saltamontes triturados. No probé la carne.

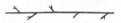

A las tres lunas fuimos mi padre y yo a pedir la mano de Áweny. Puesto que mi madre ya había muerto y Luz de Día no tenía padre, se tuvo que romper la convención de que sólo los hombres hablaran entre sí.

Todos los yosemite sabían de antemano que yo la quería.

Pero ni siquiera yo sabía si era correspondido.

Y mis manos sudaban copiosamente, para variar.

Entramos Tenaya y yo a la choza de Luz de Día y Capullo, su madre. Ellas ya nos esperaban. Vestían sus mejores ropas, habían adornado sus cabezas con plumas y teñido sus mejillas. A pesar de no ser invierno, yo llevaba también vestidura completa. Mi padre portaba el cilindro en la nariz; lo insertaba en el séptum cuando quería dejar en claro su posición, que era en muy raras ocasiones. Seguramente no quería dejar nada al azar; a fin de cuentas, yo sería el primero de sus hijos en contraer nupcias. Oso aún no estaba listo y Conejo ya había empezado a viajar, picado por la curiosidad, y no se le veía mucho en el Ahwahnee.

También llevábamos regalos, como debía ser. Collares de cuentas. Canastas. Pieles. Un par de vasijas de barro que yo había intercambiado con mercaderes chowchilla.

"Es voluntad de Petirrojo hacer a Luz de Día su mujer", dijo mi padre después de aceptar un poco del preparado de salmón que la señora nos ofreció, junto con agua de fruta y semillas.

Capullo asintió, sonriente.

La tribu entera estaba expectante aunque fuera de la tienda pareciese que todo seguía como si nada.

Luz de Día nos miraba alternativamente a mi padre y a mí. Era parte del protocolo que ni ella ni yo dijéramos palabra, aunque yo, a decir verdad, rehuía sus ojos. No quería detectar en ellos el resultado de toda esa operación. Y la angustia me aniquilaba por dentro.

"Es también voluntad mía que ambos formen familia", dijo mi padre.

Los cuatro, sentados frente a frente sobre la alfombra de pieles, seguimos comiendo hasta que Capullo agradeció la visita y nos mostró la salida.

Al día siguiente, si los obsequios no eran devueltos por la familia, la boda tendría lugar lo más pronto posible, siempre y cuando la novia no estuviera menstruando.

Pasé la noche en vela, con Oso burlándose de mí y mi padre y sus dos mujeres roncando a pocos pasos de mi cama. Estaba seguro de que en eso también iba a fracasar y que mi vida sería miserable sin Luz de Día.

Pero entonces llegó el alba, insuperable metáfora de lo que tenía que acontecer. Si los regalos no se encontraban afuera de la choza de Capullo y Luz de Día, significaba que la petición de mi padre había sido aceptada. Por el contrario, si los obsequios eran devueltos, sería un rechazo en forma y no había modo de apelar esa decisión.

Abandoné la tienda de mi familia y mis ojos enseguida se dirigieron a aquella en la que Tenaya y yo habíamos estado el día anterior, él cumpliendo un formalismo, yo poniendo mi corazón en las manos de esas dos mujeres.

Fue como aquel sueño de la luz azul.

Mi corazón estalló por completo de felicidad.

No había nada en la entrada de la choza.

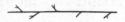

Ojalá pudiera asegurar que eso completó, en efecto, mi dicha. Pero sería faltar a la verdad del mismo modo que si dijera que los yosemite prosperaron, conservaron su valle y pudieron vivir sin ser molestados. Pero no es ésa la razón por la que decidí tomar la pluma, la de la invención similar a autores como Charles Dickens o Mark Twain, a quienes, por cierto, he leído y disfrutado. Mi misión es apuntalar la memoria y dejar testimonio de lo que en realidad ocurrió. Y es por ello que debo decir que mi noche de bodas fue tan mala y tan decepcionante que levantó un muro infranqueable entre nosotros.

Primero he de declarar que ella me quería. En efecto, me quería. A pesar de siempre estar compitiendo conmigo y siempre estar discutiendo por tonterías cuando éramos niños, me quería. Y lo fui a descubrir el día en que al fin montamos nuestra propia tienda para irnos a vivir juntos. Lo descubrí al instante mismo en que entré y, por el modo en que me miró, supe que lo que yo sentía por ella, también ella lo sentía por mí. Ingresé a la choza con mis pocas pertenencias: mis herramientas de caza, mis ropajes, mi gran piedra gris porosa. La miré y me miró y en mi pecho se instaló un temblor de tierra.

Para variar, estaba aterrorizado.

Y es costumbre miwok que la novia, si no queda complacida con su hombre la primera vez, anule el matrimonio siempre y cuando no resulte embarazada de ese encuentro.

Era noche cerrada. Ella dejó una tea encendida para que la oscuridad no fuera total. Me cubrió de besos y yo hice otro tanto. Pero estaba temblando. Sentía que no la merecía y que eso en realidad no estaba ocurriendo. Que tanta felicidad no me correspondía y que algo haría para estropearlo.

Y lo hice.

Diré simplemente que, desnudos sobre las pieles que nos obsequiaron nuestros amigos y parientes, no ocurrió nada porque no fui lo suficientemente hombre para ella.

Y ella, mi querida Luz de Día, renunció al cabo de unas horas. Molesta, se vistió y volvió a la choza de su madre, me dejó llorando mi pena y mi vergüenza.

Yo devolví las pieles que nos habían obsequiado pero mantuve el wetu listo, por si ella quería volver en algún momento.

Nunca lo hizo. Ni siquiera me veía a los ojos cuando coincidíamos en alguna ceremonia.

Y aunque ella, para los ojos de la tribu seguía soltera, nunca nadie intentó desposarla. Varios factores determinaron esto. Primero, que mis hermanos corrieron la voz de que yo mataría a cualquiera que se atreviera a tocarla. Segundo, que yo, a fin de cuentas, seguía siendo hijo de Tenaya y nadie querría enemistarse con él. Incluso mi padre dejó de dirigirle la palabra a Luz de Día, como si aún fuese su nuera, pues estaba prohibido que un hombre le hablase a la mujer de su hijo. Y tercero, porque ella jamás se mostró interesada en nadie. De hecho, a partir de ese día, dejó de cantar. Dejó de bailar en la ukana. Dejó de sonreír. Se anudó el cabello como hacían las viudas a pesar de contar, apenas, con quince años de edad.

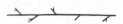

Justo es decir que el hombre blanco llegó a California mucho antes de que Tenaya se instalara en el valle. Los conquistadores españoles ya habían construido fuertes, rancherías, iglesias, ya habían dado nombre a muchos de los lugares que nos circundaban. Merced, San Joaquín, Fresno, San Francisco. Pero también es justo decir que estos misioneros habían dejado vivir en paz a las tribus de la Sierra Nevada.

Fue hasta 1833, aproximadamente, cuando llegaron los hombres blancos del este, los colonos norteamericanos.

Todos en pos de lo mismo.

Se había propagado el rumor de que en las colinas de la región había grandes vetas de oro y hubo una migración desproporcionada. Para cuando iniciaron los acontecimientos que marcaron el fin de nuestra tribu, la fiebre del oro era toda una realidad.

Y las minas de los alrededores, un negocio boyante y productivo.

Contamos con la fortuna, no obstante, de que el valle del Ahwahnee se encontrara fuera de las rutas mineras. Ningún sendero conducía hacia nosotros y, además, ningún mapa nos señalaba como punto de interés. Ni siquiera teníamos nombre para el hombre blanco. Y así hubiésemos podido seguir por mucho rato, de no ser por la guerra que se desató repentinamente entre el cristiano y el indio y que significó el fin de todas las tribus naturales de la Sierra Nevada.

Me gustaría contar que, durante el periodo que va desde mi fracasada transformación en hombre hasta el momento en que mis hermanos y yo fuimos capturados por los soldados del batallón Mariposa, ocurrieron muchas cosas interesantes... pero no fue así.

En realidad, sólo continuó la vida.

Es cierto que aprendí a cazar, finalmente. Y que participaba en la vida social de la tribu lo mejor que podía, incluso cuando interactuábamos con los mono o los pohonochee. Es cierto que en la fiesta de la bellota, la ukana, permanecía en la celebración desde el primer día hasta el cuarto, pero no danzaba ni cantaba como los demás. Y es cierto que presencié varios nacimientos y ayudé en las piras de varios funerales. Pero no me interesaba otra cosa que seguir viviendo. ¿Reí? Sí, volví a reír a pesar de saber que moriría solo. ¿Pensaba en el futuro? En lo absoluto. Sabía que Oso heredaría la jefatura de la tribu y que yo sólo me convertiría en un anciano más, si es que conseguía llegar a viejo. Y aunque en realidad sólo me dolía el gran vacío que había dejado Áweny en mi corazón, siempre había sido un muchacho práctico. Consciente de sus limitaciones. Bastante cobarde, para ser honestos. Y sin grandes planes para la vida.

Conejo y Oso ya estaban casados para cuando escuchamos del inicio de la guerra. Conejo tenía tres esposas y dos hijos. Oso, por su parte, sólo una mujer, que lo reñía constantemente. Y un hijo pequeño que era su adoración.

Sabíamos de los eventos del exterior porque Conejo abandonaba por días la aldea y se marchaba a los pueblos de las cercanías, principalmente al condado Mariposa. Así fue como supimos de los problemas que desataron el odio entre el blanco y el piel roja. Conejo se volvió un hombre de recursos sociales muy importante. Aprendió otros dialectos y era el mejor en el lenguaje de señas que nos hermanaban a todas las tribus. Cuando iba a las minas o a las haciendas cercanas, no temía dialogar con los blancos y hasta intercambiar cosas. Trajo a nuestra aldea objetos interesantes como sombreros, tabaco, ropa, papel, espejos.

Oso y yo, en cambio, jamás salimos del valle. Conservábamos la idea de mi padre de que nada necesitábamos del exterior y que nada podía mejorar nuestra vida.

Debo haber tenido unos veinte años cuando fue imposible seguir pensando que el mundo de fuera no iba a dar con nosotros y que podríamos seguir viviendo aislados hasta el fin de los tiempos.

Para entonces ya era yo un hombre taciturno. La mayor parte del tiempo estaba solo. Salía a cazar o a recolectar insectos y bellotas de roble negro por mi cuenta. Y ayudaba en lo que podía en las labores comunitarias, pero a veces pasaban días sin que hablara con nadie.

Recuerdo que fue durante una de esas expediciones solitarias que mis pasos me llevaron por el sendero que conducía a la cúspide de Tutokanola. Sabía que estaba desobedeciendo las órdenes de mi padre, y también sabía que mis pasos no eran necesariamente involuntarios; quería llegar ahí; quería mirar al valle desde la cima; quería encontrar algún sentido para mi vida. Sabía perfectamente que tal vista estaba destinada solamente a aquel que, algún día, dominara a la gran Roca Jefe escalándola por el paredón, pero en ese momento me parecía un absurdo tabú, una completa estupidez, deseaba gritar, rebelarme, mandarlo todo al diablo.

No obstante, cuando ya estaba a unos pasos del borde, me arrepentí.

Aunque nadie me habría visto, supe que la sola visión de la aldea, a miles de pies hacia abajo, me habría hecho sentir ruin. Porque Tenaya lo consideraba una herejía, la más grosera de las arrogancias. Y porque nada conseguiría, de todos modos, con tal osadía.

"Soy una piedra", dije repentinamente, recargado contra un tronco muerto. "¿Qué utilidad puede tener una piedra?"

Me imaginé corriendo hacia el borde. Saltando hacia el acantilado. Cayendo vertical a la gran pared por varios segundos, como una roca, hasta reventar mis huesos contra la planicie. Imaginé a mi padre mirando mi cadáver inservible en la tierra, mi sangre huyendo por las grietas del suelo, mi alma atormentada permaneciendo en el valle eternamente. Imaginé a Luz de Día mirando el resultado y sin derramar una sola lágrima. Los ahwahneechee todos, despreciando al imbécil de Petirrojo: "Mira al idiota cómo terminó".

Entonces imaginé a mis hermanos arrodillados junto a mi cuerpo. Fue el único dolor que me dolió también. Y con la misma fuerza.

Y si no corrí a arrojarme en los brazos de la muerte fue por ellos. Por Ysymati y Ciwe. Por Pluma y por Voz. No por mí.

Ese mismo día volví a mi tienda y me refugié en mis pensamientos. Odié el regalo del Gran Árbol. No era más que una tonta piedra que soltaba todo el tiempo un polvo blanco inservible. Y yo no era más que un tonto individuo que soltaba todo el tiempo pedazos de vida que a nadie importaban. Hubiese podido morir en ese momento y la aldea lo advertiría hasta los tres días, cuando el hedor ya fuera insoportable.

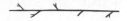

Pero vivía, ya lo dije. Y seguía mis esclavizantes rutinas como un condenado. Despertar, comer, hacer mis necesidades del cuerpo, contemplar, dormir. Ni siquiera en las grandes heladas de invierno, cuando se acostumbra a que los padres admitan de vuelta a sus hijos mayores y a sus nietos en sus tiendas, para procurarse calor entre todos, abandoné mi solitario refugio.

Y así por años.

Hasta que el blanco dio con nosotros. Y mi destino, conmigo.

Diré ahora, no sin cierta vanidad, que los hombres del capitán Boling nos capturaron cerca de los tres monumentales picos que nosotros conocíamos como Kompopaizes o "Ranas a punto de saltar" en nuestra lengua, y me gustaría hacer evidente que, a partir de ese momento y gracias a la costumbre del doctor Bunnell por poner nombres a las cosas, ahora se conocen como Tres Hermanos. La cumbre de la más alta de estas montañas está incluso por encima del Capitán. Y es mi orgullo que tan impresionantes cimas hayan sido bautizadas en honor a nosotros, los tres hijos de Tenaya. Lo he traído a cuento porque creo que, después de tantos años, ahora que todos esos sucesos me parecen un sueño, encuentro más paz y sosiego cuando pienso en Oso y en Conejo niños, corriendo a mi lado, que cuando traigo a la memoria mi proeza del último día de vida de los indios yosemite de la Sierra Nevada de California.

Creo que si tuviera que culpar a algo de la verdadera perdición del hombre sería a su ambición. He tenido el suficiente tiempo para pensar en esto y no creo estar equivocado, hermano americano. Los felices días de mi gente en el valle estaban resguardados por la nula necesidad de desear algo que no tuviéramos con nosotros. El alimento, el clima, la concordia, todo nos era propicio. Podría haber otras tribus con utensilios más vistosos, tiendas más confortables, caballos, canoas, armas… pero nosotros teníamos todo lo que necesitábamos para ser felices. Y lo éramos.

Creo que si tuviera que culpar a algo de lo que desató el fin de la corta vida de los yosemite, tendría que ser al oro.

"No comprendo bien", recuerdo que dijo mi padre cuando Conejo intentó explicarle. "¿Eso que encuentran excavando en la tierra tiene valor por sí mismo? ¿Les consigue beneficios? ¿Compra comida y pieles solamente porque brilla?"

Era absurdo. Pero el hombre blanco siempre actuó de una manera absurda. Yo mismo, ahora que llevo levita y sostengo un negocio de relojería, siento que todo es como una gran comedia, que el papel moneda que se encuentra en la caja de mi establecimiento no vale nada porque no te cubre, no te lo puedes llevar a la boca, no es ni siquiera hermoso. A veces siento que todo lo que impide al ser humano caminar descalzo por la hierba es una gran mentira.

Lo cierto es que, de acuerdo con mi padre, la persecución febril de los blancos por el oro sólo representaba una cosa: pereza. Todos querían enriquecerse sin trabajar, conseguir muchas cosas únicamente gracias al valor de un hallazgo.

Como quiera que fuese, se establecieron muchas minas, y bastantes pueblos del oeste americano se sostuvieron con el producto del ansiado metal.

Y aquí es donde entra James D. Savage.

James D. Savage era un hombre de su tiempo. Siempre listo para adaptarse y obtener lo mejor de las circunstancias. No sé en realidad cuándo llegó a California, pero es verdad que supo sacar provecho desde el principio. Cuando nosotros escuchamos de él, ya tenía varios años establecido como comerciante en el margen del río Merced, por la bifurcación sur, a 15 millas del valle del Ahwahnee.

Fue en 1850 cuando comenzó todo. Y él fue el primer implicado. Y uno de los que más participación tuvo pues se vio obligado a comandar, meses después, el batallón Mariposa.

Savage vivía una vida próspera entre indios y mineros. Era una especie de puente entre ambos mundos. Hablaba algunos dialectos de la zona e incluso tenía cinco esposas indias. Él mismo dirigía una mina y había contratado a algunos naturales de la región. Le iba bien. Era un hombre de paz.

Pero la ambición no es un vicio exclusivo del hombre blanco. Y ocurrió que varios de los indios que habían sufrido la invasión de mineros en sus tierras comenzaron a sentir que debían ser retribuidos por esta afrenta. No se les puede culpar. Las tribus vivíamos en relativa armonía, entre nosotros y los mexicanos, hasta que llegaron los americanos del norte y del este. Hasta entonces ninguno de nosotros se hubiera imaginado que podías sustraer de la tierra algo por lo que valiera la pena dar la vida. Pero hasta los indios podían darse cuenta de que una pepita de oro te conseguía más cosas que cientos de jornadas de trabajo arduo.

Cuando años más tarde me reuní con el doctor Bunnell, me dijo que los rumores afirmaban que habíamos sido los yosemite quienes iniciamos el conflicto. Nada más falso. No sólo no estábamos cerca, sino que tampoco estábamos interesados. No puedo afirmarlo pero es más probable que fueran pohonochee o kaweah los que empezaron la guerra. Primero intentaron cobrar el derecho de paso por ciertas rutas, lo cual les fue negado. Luego, cobrar una especie de comisión por el uso de sus tierras. Tampoco funcionó. En las minas de Mariposa, Fresno y Agua Fría, los ánimos estaban un tanto encendidos, se notaba nerviosa a la gente y se respiraba una calma tensa.

Y comenzaron los saqueos.

Hubo asaltos a varios comercios, entre ellos el de Savage. Los indios de la región habían optado por atacar violentamente las tiendas y almacenes de los mineros. Y, aunque no hubo derramamiento de sangre, estaba claro que los indios no estaban ya contentos; les parecía injusto que el blanco obtuviera tanto y, en contraparte, el piel roja nada.

Savage, hombre hábil y cauteloso por naturaleza, no tomó represalias. Ni siquiera se volcó a una cacería en pos de los responsables. Pero sí tuvo olfato para lo que se avecinaba. Así que realizó un movimiento estratégico, más de índole social que militar o policiaco.

Puesto que tenía algunos intereses que atender en San Francisco, se propuso hacer el viaje llevando consigo a dos de sus esposas y a un jefe indio que era amigo suyo, un jefe que ya tenía mucho tiempo conviviendo con el hombre blanco y hasta nombre cristiano ostentaba: José Juárez. La única razón que movía a Savage para invitar al jefe era que presenciara el poderío anglosajón y que sirviera de vehículo para desmotivar a todos los indios de lanzarse a una guerra contra los blancos.

Fue contraproducente. Juárez vio a la gente civilizada de San Francisco como enemigos inofensivos, dadas sus delicadas maneras. Eso y cierta disputa que tuvo con Savage en el viaje terminaron por encender la llama. Juárez no tuvo ningún problema en transmitir a sus coterráneos que una guerra con los mineros no sería problema, todo en demanda de mejores y más justas condiciones para los indios en el trato por el uso de sus tierras.

Comenzó a correr la sangre. En principio, sangre de hombre blanco.

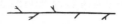

Algunos saqueos fueron verdaderas carnicerías. Los kaweah no dejaban vivo a ninguno de los que encontraban en los comercios y a veces hasta se hallaron cadáveres destazados. Así fue en Fresno y Mariposa, principalmente. El terror cundió y bien pronto se hizo evidente que el hombre blanco no se quedaría de brazos cruzados. En un primer intento de defensa, Savage se organizó con otros hombres, entre los que ya se contaba Boling, para ir en pos de los indios agresores. Aún no se podía decir que se tratara de un destacamento militar en forma, eran apenas mineros comunes y corrientes defendiendo sus propiedades a punta de fusil.

Naturalmente, los indios no estaban bien organizados y habían actuado más por odio y desesperación que por una verdadera necesidad de iniciar una guerra que en realidad les interesara ganar.

En esa primera escaramuza, cien hombres blancos capturaron a quinientos pieles rojas cuyo destino final sería, desde ese día y para siempre, ser recluidos en una reserva india. Chowchilla, chookchancie, nootchu, honahchee, pohonochee... todos comenzaron a ver sus tribus y territorios desaparecer poco a poco.

La guerra Mariposa había comenzado.

Tenaya convocó a consejo en cuanto supo, por Ciwe y otros emisarios, que el hombre blanco, no contento con invadir nuestras tierras, ahora se empeñaba en limpiarlas de indios. Lo cierto es que ninguno de los hombres de la tribu estaba listo para pelear o para huir. Los años de feliz letargo nos habían hecho creer que vivíamos en un tiempo estático, inamovible, completamente ajeno a las cosas del mundo. Pero el Yosemite no era una isla, por muy alejada que estuviera de los asentamientos mineros. Por eso había que hacerse cargo.

Y así lo hizo mi padre. Pero más que un consejo en el que intentara recabar un parecer, fue una junta para hacer una promesa descabellada a toda esa gente que consideraba su responsabilidad.

"Nada hemos de temer", dijo. "Este sitio nos ha sido otorgado por Manitou. Así que yo, Tenaya, les prometo y aseguro que, si a esta tierra pertenecemos, nadie habrá de sacarnos de aquí."

Ya he dicho que mi padre era un hombre práctico, muy poco religioso. Y por eso yo sabía que sería incapaz de sentarse a esperar un milagro.

"Padre...", recuerdo que lo busqué a la mañana siguiente del consejo, en el que estuvo todo varón cuyas muñecas ya hubiesen sido tatuadas. "Si el hombre blanco llega hasta acá con sus ramas que escupen fuego, nada podremos hacer. Excepto morir o salir del Ahwahnee."

Se encontraba sumergido hasta la cintura en las aguas poco profundas del Ahweiya, nuestro lago, a pesar del crudo invierno de las montañas. Canturreaba. Recuerdo que lo hacía con frecuencia. Como una especie de rito matinal. Yo lo observaba desde una piedra cercana a la orilla. Detrás de nosotros, la aldea, las risas de los niños, el humo de la preparación de algunos guisos, los hombres compitiendo en luchas inventadas, los perros retozando.

"Padre...", insistí.

Me sonrió como siempre hacía. Como si nada tuviese importancia excepto el agua en su piel, la mañana clara, las risas de los niños corriendo desnudos y los cantos de las mujeres. Una ligera aguanieve caía del cielo.

"Padre..."

"Petirrojo", contestó. "Hace no mucho estuve solo en este valle. Ahora los tengo a ustedes. A ti, que eres mi hermano como lo son todos los que se llaman yosemite y comen y danzan y cazan a mi lado."

Mordí una varita de hierba. A veces odiaba su forma de hablar. Yo sentía que en cualquier momento aparecerían los mineros por el lado este y nos llenarían de plomo o nos atarían como ganado para ser pastoreados rumbo a la reserva.

"Cuando estuve solo aquí no pedía nada. Y el Gran Espíritu me regaló una tribu. Ahora tampoco pido nada. Y el Gran Espíritu me regalará una salida."

Me sonó a acertijo. Y creo que él lo comprendió por el gesto que hice. Entre nosotros, de cualquier modo, nunca hubo malentendidos. Rio levemente sin dejar de pasear sus manos por las quietas aguas del lago.

"No pongas esa cara. Voy a interceptarlos. Y jamás Tutokanola los verá poner un pie en el valle. Te lo prometo."

Quiso hacerlo solo. Así era él. Se sentía responsable por todos y sólo permitió que Oso lo acompañara en esa primera expedición.

Recuerdo con cariño esa increíble capacidad de mi padre de lidiar con el presente. No arrastraba el pasado y no cuestionaba el futuro. Sólo una vez lo vi llorar de desconsuelo. Y no fue cuando vio a su tribu cautiva en una reserva india ni cuando se reflejó en los ojos de Águila Blanca, el jefe mono, para tomar la decisión más difícil de su vida, un par de años después. Fue algo más simple y previsible.

Pero ya llegaré a eso.

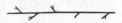

Para entonces la guerra ya era un conflicto en toda forma. Había corrido sangre de nativos y sangre de hombre blanco. El sherif de Mariposa, ante el desbordamiento de la violencia, pidió apoyo al gobernador de California, quien a su vez solicitó voluntarios para conformar el batallón Mariposa. Fue entonces que Savage se enroló como mayor, Boling y otros como capitanes y el doctor Lafayette Bunnell como médico asistente. Al final se reclutaron aproximadamente 200 hombres, la mayoría mineros, que tenían la misión de apaciguar a los indios y llevarlos, les gustase o no, a las reservaciones que se montaron en Fresno, Tejón y King's River. El gobierno de la Unión mandó comisionados de las oficinas de Asuntos Indígenas con el fin de asegurar que todo terminara bien y a los pieles rojas se les tratara dignamente.

Conejo, gracias a su natural forma de estar en todos y en ningún lado, había presenciado la captura de prácticamente todas las tribus de las zonas bajas. El batallón trataba de negociar la paz o disparar a discreción. Como ejemplo, en una revuelta murieron cincuenta indios y sólo hubo seis hombres blancos heridos, aunque dos de muerte. No era muy justa la pelea y por eso la rendición era lo único que dejaban a los naturales. A principios de marzo de 1851, cuando el invierno ya estaba cediendo en la pradera pero aún pintaba de blanco las montañas, los yosemite y los mono eran las únicas tribus intactas. Aunque, a decir verdad, los mono escapaban del interés del hombre blanco por su lejanía y poca participación en los eventos de violencia.

En la expedición de captura de indios iniciada por Savage, decidieron acampar en el South Fork del río Merced. Llevaban consigo hombres de todas las tribus. Pero Savage no quería volver a Fresno sin llevar también consigo a los yosemite; aún creía que nosotros habíamos sido los que dieron origen a la guerra gracias al sentir popular de que éramos una tribu de parias y asesinos. Puesto que no sabía el camino hacia nuestro valle, le encargó a un indio pohonochee que diera con nosotros y le pidiera a Tenaya rendirse. Mientras, ellos esperarían ahí.

Años después me contó Bunnell que el guía apenas se había internado en el bosque cuando el propio Tenaya le salió al paso como un fantasma.

Si algo no quería mi padre era que los hombres blancos pusieran un pie en el Ahwahnee. Tal y como me había prometido.

Apenas hubo salido mi padre del valle, decidí romper el silencio. Habían pasado seis años pero yo no había dejado de quererla. Y estaba seguro de que nuestra vida cambiaría para siempre.

La encontré a la entrada de su wetu, triturando semilla.

"Áweny, tengo que hablar contigo."

No había perdido belleza en todo ese tiempo. Por el contrario, su encanto se había incrementado. Llevaba puesto su delantal de piel, un par de collares, iba descalza, a pesar de que había lamparones de nieve por toda la aldea. Su cercanía me ponía a temblar.

Ella, no obstante, ni siquiera me miró. Se levantó y se refugió en la tienda.

Suponiendo que Capullo no estaría en ese momento, entré también. Ella entonces me empujó y volvió a salir. Siguió caminando, así descalza, hasta alejarse de la aldea en dirección al noreste. Hasta abandonar el valle. Hasta internarse en el bosque, en franca huida. Hasta recargarse en un árbol, de pie, ya cansada. Tuve que hablarle a la distancia y sin mirarla a los ojos.

"Luz de Día... sólo quiero que sepas que nunca he dejado de considerarte mi esposa."

Silencio.

"Y que, si tenemos que tomar parte en la guerra, me encargaré de que a ti no te pase nada."

Más silencio.

Apenas veía su espalda contra el árbol. El leve movimiento de su pecho agitado. La ventisca haciendo volar su cabello, suelto y enmarañado en ese momento. Áweny miraba en lontananza. O acaso sólo tuviese los ojos cerrados. Para mí era imposible adivinarlo. Y me dolía que esa mínima conversación, después de tanto tiempo, tuviera lugar de ese modo. Me recargué yo mismo en un tronco. Suspiré.

"Sólo quería que lo supieras", balbuceé, decepcionado.

"No vamos a ir a la guerra", dijo repentinamente, sin abandonar su posición.

Tenía razón. En el consejo se había planteado la opción y todos concordaron que sería un suicidio.

Ningún ahwahneechee había jamás peleado contra otro hombre, fuese del color que fuese. Y enfrentar a un hombre capaz de matar sin moverse de su sitio era impensable. Pero a mí no se me había ocurrido otra cosa para volver a buscar los ojos de Luz de Día.

"Nos van a cazar más fácil que a un venado herido", dijo sin ningún sentimiento en la voz.

No supe qué replicar. Mi padre estaba lejos del valle reconociendo el panorama. Mi hermano menor lo había acompañado y estaba haciendo más por la tribu que yo. Sentí en mi carne el dolor de mi propia cobardía, pues Áweny había encontrado las palabras precisas para sustentar lo inevitable: que perderíamos el valle. Ella, yo, todos. Que perderíamos nuestra libertad. Ella, yo, todos. Y mi palabrería no tenía más valor que un soplo de viento si era incapaz de cambiar esa premonición.

Intenté decirle que eso no importaba, que yo la cuidaría de todos modos, en el valle o donde estuviéramos. No pude ni abrir la boca.

"¿Por qué no simplemente huyes, Petirrojo?", dijo con ironía, aún dándome la espalda. "Vuela a otro lado, tú que puedes."

Cada una de sus palabras se abrió paso hasta mi corazón, hiriéndolo de muerte. Corrí en dirección contraria tratando de escapar de ella, de mi dolor, de mi historia. Las lágrimas consiguieron que golpeara contra un árbol. Y otro.

Y otro más.

A cada golpe, volvía a levantarme y seguía en línea recta. Ojos cerrados y mente obnubilada. El pecho a punto de reventar.

No quería detenerme. No podía detenerme.

La rabia me cegó.

Y cuando al fin me permitió ver de nuevo, descubrí que estaba frente a una pared vertical de unos cincuenta pies que se había interpuesto en mi carrera. Una pared de granito de esas que abundan en el valle. De pronto lo más importante era subir esa pared para luego arrojarme de cabeza desde arriba, romperme el cráneo en mil pedazos. Comencé a escalar pero mis manos no afianzaban con fuerza la roca y resbalé. Volví a intentar y volví a fracasar. Apenas subía unos cinco pies cuando el sudor en mis dedos, el arrebato de mi mente y el frenesí de mi cuerpo me arrastraban de vuelta a la tierra. Una y otra vez.

Terminé tendido de espaldas.

Miré mi cuerpo y el polvo que lo cubría. Mis torpes dedos completamente rasguñados. La uña de mi dedo índice derecho, rota. Unas cuantas más, desquebrajadas.

Lloré un poco más. Luego me senté recargado en la pared de piedra.

Contemplé los tatuajes de mis muñecas, distintos a los de todos los demás en la tribu.

"Soy una piedra."

Y dejé pasar las horas viendo mi sombra desplazarse poco a poco.

Savage se mostró sorprendido de que el jefe de los yosemite, esa tribu de bandidos y asesinos que vivían en las montañas, fuese ese hombre viejo de mirada apacible. Llevaba su traje ceremonial, pero ningún adorno en la cabeza, ni siquiera el hueso que insertaba en el séptum de la nariz. Un jefe que no parecía jefe. Un indio llamado Ponwatchee, de los pohonochee del sur, sirvió de traductor entre mi padre y el mayor Savage, puesto que éste no conocía nuestra lengua y en cambio Ponwatchee hablaba miwok perfectamente. Oso se mantuvo todo el tiempo escondido en los lindes del campamento; tenía órdenes de mi padre de observarlo todo y volver a la aldea con el reporte, en caso de ser apresado. Tanto soldados como indios se mostraron interesados en la entrevista. Prácticamente nadie conocía a Tenaya. Su leyenda lo sobrepasaba, pero acaso ésta no le hacía justicia.

En torno a los restos de una hoguera se reunieron el mayor Savage y algunos de sus subalternos con mi padre. Ninguno estaba armado.

"Me honra con su visita, jefe", dijo Savage, de quien mi padre ya había oído por los reportes de mi hermano.

"Vengo a pedirle que nos deje vivir en paz en nuestra tierra", dijo Tenaya sin apartar la vista de sus manos entrelazadas. "No hacemos daño a nadie y no hay minas en donde vivimos."

Savage, quien sostenía una pipa, miró en torno. Ya se había enfrentado a eso docenas de veces.

"Es una pena, jefe", exclamó. "Pero tengo órdenes, del presidente de los Estados Unidos y del gobernador de este estado, de llevar a todos los indios de la región a un sitio que se ha destinado para ustedes. Podrán seguir cazando y cultivando en los límites de esa reserva. Hay, incluso, mejor clima que donde ustedes viven."

"¿Qué es presidente?", preguntó Tenaya a Ponwatchee y éste le sugirió que era como un gran jefe o un gran padre que cuidaba de los hombres blancos.

Tenaya trataba de no mirar las cosas que representaban al hombre blanco, a quien tenía años de no enfrentar. Incluso cuando la California era mexicana, había tenido poco trato con los criollos y mestizos, durante su juventud con los mono. Ahora, no obstante, eran otras las formas, los vestidos, el lenguaje, las armas. Le apostaba a una posibilidad muy remota, ya lo percibía.

"No me interesa lo que ese gran padre pueda hacer por nosotros o las órdenes que le haya dado a usted. El Gran Espíritu es el único padre que reconocemos. Y nos abastece de todo lo que necesitamos."

"Sí, pero..."

"Mire en su interior, señor Savage", insistió Tenaya. "Ustedes no nos necesitan. Nosotros no los necesitamos. Ustedes no nos estorban. Nosotros no les estorbamos. Podemos seguir así porque así hemos estado desde que llegaron a esta tierra."

"Si ustedes no necesitan nada de nosotros", reclamó Savage, "¿entonces por qué saquearon nuestras tiendas y robaron nuestros caballos?"

"No fuimos nosotros sino otra gente", suspiró el jefe yosemite. "Pero como sé que usted no va a creerme, le diré simplemente que, aun de haber sido nosotros, no iríamos con ustedes a la reserva porque no podemos vivir con otras tribus. Nosotros somos gente de paz y ellos, los que los saquearon, gente de violencia. Ir a la reserva con ustedes sería como matarnos."

Bunnell me contó que, durante todo ese tiempo, mi padre apenas levantaba la vista. Pero no por sumisión; parecía más bien como si no quisiese contaminarse la mirada. Savage, mientras tanto, buscaba la aprobación entre su tropa.

"Pues de veras lo siento mucho, jefe", dijo el mayor. "Pero no puedo hacer nada por usted. O vienen por su propia voluntad o yo tendré que ir por ustedes hasta su aldea. Es su decisión."

El grupo de hombres blancos, lo más abrigados posible, con los sombreros bien calados y las capas anudadas, miraban en torno a mi padre, apenas con su traje de ceremonia, sus sandalias, su ausencia de adornos. El viento enrojecía las mejillas, crispaba la piel. Pero no de Tenaya, inmutable. No de él, quien sopesaba las palabras del mayor.

"Como sea...", dijo Savage. "Le ofrezco que, allá en Fresno, dialogue con los comisionados. Tal vez ellos les permitan volver. Pero es a ellos a los que tiene que convencer. No a mí."

Tenaya se puso de pie.

"Volveré entonces mañana con mi gente", dijo. Y regresó al bosque.

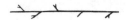

¿Puede un hombre decidir entre ser y no ser un cobarde?

¿Es ésta una decisión consciente? ¿Y posible? ¿O es como querer ser una pulgada más alto o tener el cabello de un color distinto o los dedos más largos?

¿Puede un hombre decidir, un día, una mañana, una tarde, ya no ser como es?

Miraba yo hacia la entrada del valle, donde se encuentra el risco que nosotros llamábamos Tissack y ahora se conoce como el Half Dome, cuando vi a mi hermano Oso volver solo a la aldea. Su alargada sombra en pos de él. El mal presagio haciéndose sitio en mi corazón.

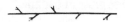

En cuanto se despidió de Savage, Tenaya se reunió con Oso a media milla de South Fork. No confiaba en los hombres blancos y no quería ser seguido hasta el Yosemite.

Así que ahí aguardaron él y mi hermano hasta que se convencieron de que nadie lo había seguido. Entonces dio órdenes al que, de no haber sido tan injusto el tiempo con nuestra tribu, habría sido el mejor de los jefes de toda la Sierra Nevada.

"Ysymati, hijo", dijo mi padre poniendo su mano extendida en el pecho de Oso. "Vuelve al Ahwahnee y advierte a todos que deben prepararse para la huida. Yo los distraeré todo el tiempo que pueda. Vayan con los mono paiute. Ellos los recibirán."

Oso puso su mano sobre la de mi padre, en gesto de respeto.

"Padre, no quiero contrariarte, pero podríamos pelear. Podríamos defender el valle. Podríamos demostrarles con quién se han metido."

"Y podríamos morir de la manera más tonta. Ya se discutió esto y ya se decidió también. Vuelve a las montañas y prepara el escape."

Oso se mostró triste. Llevaba el carcaj lleno de flechas multicolores. Un hombre blanco habría muerto por cada una. Y, no obstante, ni tres veces ese número de flechas hubieran sido suficientes.

"Entonces....", se atrevió a sugerir. "¿Por qué no nos entregamos y ya?"

"Porque incluso es preferible perder la vida que la libertad. Sabes que esto es tan cierto como que el río nunca detiene su curso, Oso."

Le llevó a mi hermano medio día regresar al Yosemite. Cuando lo vi entrar al valle, a paso decidido y con el arco en un puño, supe que nuestras vidas cambiarían para siempre. Supe que, aunque Luz de Día no me quisiera nunca, yo la cuidaría hasta que mi corazón dejara de latir. Supe, al ponerme en pie, que no volvería a llorar por nada en el mundo. No mientras me restara vida.

Lo que no supe en ese momento es que bien pronto rompería esa última promesa.

Porque un hombre puede desear ser de otra forma, pero no puede cambiar aquello de lo que en verdad está hecho. Y la risa y el llanto son, a veces, la única forma de reconocerlo.

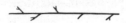

Tenaya volvió al campamento en South Fork al día siguiente, después de pernoctar en el bosque, cuidándole la espalda a mi hermano.

"He dicho a mi gente que me alcance en este punto", mintió a Savage.

Y éste le creyó, así que todo el mundo se relajó pues, en la opinión del mayor, la expedición había terminado. Capturados los yosemite, podrían volver a Fresno antes de que el invierno recrudeciera.

Bunnell me contó, cuando lo conocí años después, que mi padre hubiese podido ser un gran actor de teatro, pues durante el tiempo que estuvo al pendiente del sendero que conducía a esa bifurcación del río Merced, efectivamente parecía consternado. Él mismo, el doctor, se sentó varias veces a tratar de tranquilizarlo.

"No se preocupe, jefe", le espetó. "Debe ser que no ha dejado de nevar y las laderas están intransitables."

Mi padre le agradecía, a través del intérprete, y seguían compartiendo la ración de comida y la conversación con señas, a la que el doctor Bunnell se estaba aficionando.

Lo cierto es que pasaron los días y el propio mayor Savage comenzó a ver con desconfianza a mi padre.

"Algo me dice que este indio es más astuto de lo que pensamos", confió a Boling, su lugarteniente, después de una semana de espera.

Mientras tanto, en el Yosemite, las cosas eran un poco distintas a como las había planeado Tenaya.

Oso nos buscó a Conejo y a mí en cuanto arribó al valle. No tuvo problemas para dar conmigo, pues lo estaba esperando desde la madrugada, pero dar con Conejo fue todo un lío. Después de mucho buscarlo, lo encontramos en una gruta a donde sabíamos que llevaba a veces a sus nuevas conquistas.

"¿No tienes suficientes esposas ya?", le reclamó Oso al descubrirlo haciendo reír a una muchacha que recién se había sumado a la tribu junto con sus padres y hermanas. Ambos yacían sobre una cama de hojas secas, en la sombra.

Ella echó a correr, un poco avergonzada. Conejo, en cambio, sólo se sacudió el polvo y se presentó ante nosotros. Aún con el taparrabos encima, afortunadamente.

"¿Con este frío, Conejo?", insistió Oso en regañarlo. "¿En verdad?"

Terminó mi hermano mayor de vestirse y se arrojó a las espaldas de Oso para molestarlo. Pero no tardó en darse cuenta de su rostro adusto.

"Hay problemas", sentenció al poner los pies en la tierra.

"La cosa está así", se animó por fin a contar Oso. Su silencio había sido cuestionado por todos en la aldea al verlo llegar, pero los tranquilizó asegurándoles que Tenaya estaba bien y que, después de meditar un poco, hablaría con todos antes del ocaso.

"Mi padre se quedó en el campamento de los hombres blancos", nos contó. "Les prometió que vendría a la aldea a llevarse a toda su gente para allá, pero sólo está haciendo tiempo para que nosotros huyamos."

"¿Qué?", dijimos al unísono Conejo y yo.

"Mientras íbamos para allá", añadió con tristeza, "en cierto momento me detuvo para decirme esto: Una tribu es más que el lugar que habita. Obviamente, me estaba preparando para rendir nuestra tierra".

Conejo también se mostró contrariado. Yo, en cambio, comprendí al instante a mi padre. Hubiera preferido perderlo todo que arriesgar a su gente. Su discurso en el consejo no había sido sino una corazonada que, al final, fracasó. Pero Oso no estaba tan convencido, a pesar de haber aceptado obedecerlo ciegamente.

"Aún podemos hacer algo, pero quiero consultarlo con ustedes."

Conejo y yo nos miramos. Después de todo, los tres éramos hijos del jefe de los yosemite.

"Tenaya llegó aquí sin nada. Este valle lo acogió como a un hijo. Rendirlo sería como rendir a un padre. Y sé que Tenaya también lo cree así. La diferencia es que incluso el hombre más justo entregaría antes a su padre que a sus hijos. Por eso creo que, aunque no demos la pelea, pues ésta sería una batalla perdida desde el principio, sí debemos intentar todavía una medida desesperada para no tener que entregar el Ahwahnee."

"Habla", dijo Conejo.

Y ambos escuchamos.

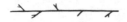

Es mi deseo hacer notar, nuevamente, que los hombres del batallón Mariposa eran, en su mayoría, mineros. Es decir, gente buena metida a algo malo. No todos cedieron su voluntad siempre a la empresa que los ocupaba y en verdad que siempre que podían evitar disparar un solo tiro, lo hacían. Me consta que James Savage era un buen sujeto, aunque nunca lo conocí. Boling y Bunnell, a quienes sí miré a los ojos, también eran buenas personas. No así otros de los soldados, pero a fin de cuentas un puñado de personas es como el mundo entero: se puede encontrar de todo.

Digo esto porque, a los cinco días de que mi padre siguiera dando largas, Savage se olió su juego y tomó una determinación. A fin de cuentas, el batallón no contaba con provisiones para siempre y, aunque el invierno ya estaba dejando las planicies, en la montaña y las orillas del Merced, aún golpeaba con todo su rigor.

"Vamos a salir al encuentro de su gente, jefe, mañana antes del alba", anunció el mayor a Tenaya.

"Eh... no creo que...", hizo un último intento mi padre. Ponwatchee tradujo al instante.

"Yo tampoco creo", refunfuñó Savage. "Pero así estamos todos más tranquilos."

Así que planeó una nueva expedición y abandonó South Fork a las primeras horas del día siguiente. Savage organizó una partida de voluntarios y, por supuesto, insistió en llevar consigo a Tenaya, para que indicara el camino. Mi padre tuvo que seguir fingiendo, aunque ya era más que obvio que había gato encerrado.

Mientras más ascendían en dirección al valle, la nieve era más alta y más espesa, lo que hacía que mi padre intentara desmotivar el avance. Caminaba lento e incluso intentó errar la dirección varias veces. Pero, como él no era el único indio que Savage incluyó en la avanzada, al menos el intérprete y otros dos indicaban el rumbo correcto; no sabían el lugar preciso del Ahwahnee pero al menos sí sabían que no era hacia donde intentaba llevarlos Tenaya.

Al fin, después de unas seis horas de marcha, ocurrió.

A medio camino entre South Fork y el Ahwahnee, justo antes de cruzar una colina, el bullicio. Rumor de pasos. Gente.

Savage y su pelotón dieron de frente con los yosemite. Setenta y dos en total.

Solamente mi padre se dio cuenta. Y puesto que ya había fingido lo suficiente, siguió haciéndolo. "Nos retrasamos por la nieve", dijo Flor sin Tallo, una de las esposas de mi padre. "Pero ya estamos aquí."

Eran aproximadamente un cuarto de la gente que conformaba la tribu. Gente que no dudó en sacrificarse para conservar el valle. La idea de Oso era simple: no permitir a los hombres blancos llegar hasta nuestra tierra. Si algunos nos rendíamos, nuestros enemigos se mostrarían contentos y detendrían el avance. Él mismo se había sumado a la comitiva, dejándonos a Conejo y a mí a cargo de la aldea.

Los setenta y dos que se ofrecieron, entre los que había niños y viejos, habían acampado en cierto sitio estratégico para que, al momento de divisar a los blancos acercándose, ellos hicieran lo propio como si llevaran caminando desde hacía varios días. La idea era llegar a la reserva y planear su fuga desde allá.

Cuando Oso avanzó hacia mi padre y le puso la mano en el pecho, quiso participarle su decisión con la mirada. Tenaya, no obstante, ya la había comprendido.

"Venimos en paz", sentenció Oso. "En paz queremos acompañarlos."

Ponwatchee tradujo y Savage, a su vez, al inglés, para que su gente comprendiera. Y, de igual forma, espetó en inglés y luego en chowchilla:

"Les agradecemos el gesto, pero continuaremos adelante."

Mi padre no comprendía. Pidió a Ponwatchee que volviera a traducir.

"¡Pero mi gente se está entregando!", gruñó. "¿Qué caso tiene seguir adelante?"

"Ustedes no, jefe", dijo Savage. "Usted y los suyos van al campamento."

"Pero..."

"Ésta no es toda su gente, jefe", dijo el mayor, con una seguridad escalofriante.

"No entiendo", volvió a decir mi padre.

"¿Dónde está su hijo Conejo?", preguntó Ponwatchee.

Mi padre comprendió que nuestro plan tenía ese defecto. El más visible de toda la tribu no se encontraba presente. Cualquier cosa que inventara Oso en ese momento apestaría a mentira. El silencio sacudió a todos los que se habían entregado. El sacrificio sería inútil. Estoy seguro de que varios de ellos odiaron un poco a mi hermano por ser tan inquieto y conocido entre las tribus del condado. Ni siquiera es que Savage lo pudiera reconocer si lo veía, pero seguramente todos los indios que iban en la expedición, sí.

Savage se quitó el sombrero y, en un ademán estudiado, le mostró a mi padre, mudo y taciturno, el camino de regreso a South Fork. Mientras la gente caminaba, guiados ahora por un par de soldados designados por Boling, el capitán detuvo repentinamente a un niño yosemite. Su madre protestó. Oso fue a encarar al capitán y, al instante, un hombre le apuntó el fusil a la cara.

"Este muchacho debe saber por dónde se llega a su aldea. ¿O no?", dijo el capitán Boling.

Oso hubiera peleado, estoy seguro. Pero, a una mirada de mi padre, se contuvo. Le dijo a Gorrión, el chico que Boling detuviera del brazo: "No juegues al héroe", y se reintegró a la columna que ya marchaba hacia South Fork.

Los setenta y dos, menos uno, siguieron a Tenaya al campamento.

Savage, Boling, Bunnell y otros oficiales, acompañados de un par de indios y, por supuesto, de Gorrión, siguieron avanzando sobre la nieve.

Tuve que dar la alarma.

En cuanto los vi aproximarse desde la media ladera del Tissack y aunque el corazón se me encogió, supe que tenía que dar la alarma. Cerré mi mano en un puño y observé a través del orificio para poder distinguirlos a detalle. No era una gran comitiva, pero todos llevaban armas. Comprendí, al ver a Gorrión, que el plan había fallado por completo.

Corrí de regreso al valle aullando como un gavilán para que, al llegar, ya estuviesen todos listos para el escape.

Años después, al doctor Lafayette Bunnell aún se le cristalizaban los ojos al traer a su mente aquel momento. Cuando me concedió la cita en ese pequeño despacho en Nuevo México donde me contaría todo lo que no viví, yo todavía no leía sus memorias. Y la descripción que hizo del momento en que al fin alcanzaron la primera vista del valle del Yosemite me sobrecogió a mí también. Disfrutábamos de un poco de café y, desde la calle, el sonido de un clarinetista que tocaba por monedas nos encontró en el mismo estado de ánimo melancólico. Era como si hablásemos de un lugar imposible. Creo que incluso olvidé que yo había nacido y crecido ahí. Por cierto, su libro se llama así. *Descubrimiento del Yosemite.*

Y él fue quien nombró al valle.

Respecto a esa primera visión de Tutokanola, plasma en sus memorias:

Se ha dicho que "no es fácil describir en palabras la impresión precisa que los grandes objetos causan en nosotros". No puedo describir cuán cabalmente me di cuenta de esta verdad. Nadie, excepto aquellos que han visitado este maravilloso valle, puede siquiera imaginarse los sentimientos con los que contemplé la vista que se presentaba ante mí. La magnificencia de la escena era suavizada por la neblina que se extendía sobre el valle —ligera como una telaraña— y por las nubes que parcialmente cubrían los picos más altos y las montañas. No obstante, esta visión atenuada no hizo más que incrementar la sorpresa con que la contemplé y, mientras más miraba, un sentimiento muy peculiar de exaltación parecía llenar todo mi ser y me encontré, de pronto, con los ojos cubiertos de lágrimas.

Lafayette H. Bunnell, *Discovery of the Yosemite and the Indian War of 1851*, Fleming H. Revell Company, 1892.

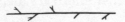

Recuerdo que, aún con la música de aquel clarinetista y la tarde sumiéndonos en sombras, fue que le conté mi secreto.

"Por cierto, doctor Bunnell...", exclamé. "Respecto a Tutokanola, es decir, El Capitán, hay algo que creo que le dará gusto oír de mi boca. Algo que supo muy poca gente."

"¿Tiene que ver con usted, Petirrojo?", me dijo con cierto guiño. Me gustó que no me llamara por mi nombre cristiano.

"Tiene que ver conmigo", respondí sonriente. "El hijo segundo de Tenaya."

"Soy todo oídos", dijo.

Y me escuchó hasta que su ayuda de cámara se anunció para preguntarme si deseaba reservar cuarto en algún hotel cerca para mí y para mi hijo mayor, quien me había acompañado. Eran pasadas las once de la noche.

En cuanto puse un pie en la aldea, me aseguré, junto con Conejo, de que la gente no perdiera el tiempo y se aprestara a huir a las montañas. Ya habíamos apalabrado con los mono nuestra estancia temporal en su región, al lado de un pequeño lago sin nombre, al que ellos no acudían excepto en contadas ocasiones.

"Una tribu es mucho más que el lugar que habita", pensaba yo mientras me hacía a la idea de que en esa zona, aún más fría que nuestro valle, podría ser nuestra nueva patria. Y aunque no me acababa de gustar, tal vez podríamos reunirnos ahí todos de nuevo, en algún momento. Mi padre. Oso. Los setenta y dos que se habían marchado.

Todos se aprestaban. Fui corriendo a la tienda de Luz de Día. "¿Necesitas ayuda?", le pregunté. Ella sólo negó con un gesto mientras decidía qué podría cargar y qué no. Su madre, en cambio, sí me arrojó un cesto lleno de enseres y provisiones que me eché de inmediato al hombro. Después de todo, yo sólo cargaba con un par de pieles, mi arco y flechas, lo que llevaba puesto y, por supuesto, mi roca.

En muy poco tiempo, pues ya estaban todos advertidos, estábamos abandonando el valle por el extremo oeste. Sólo una anciana llamada Luna de Verano tuvo que quedarse, pues era muy voluminosa y tenía un problema con los tobillos.

"Lárguense sin mí", dijo sin amargura mientras hilaba un collar. "Igual ya viví lo suficiente. Y no me apetece conocer ese lago del que tanto hablan."

Al iniciar la ruta de escape, cuando pasamos frente a Tutokanola, no pude evitar pensar que, o él nos había fallado a nosotros... o nosotros a él. Quise aventurar un "volveremos", pero no sabía qué tan cierto podía ser eso. Me parecía otra promesa por incumplir.

Y seguimos avanzando.

Aunque Savage y sus expedicionarios no pudieron llegar al valle ese mismo día, puesto que la corriente del serpenteante río Merced no les ofrecía ningún vado próximo, sí pudieron cruzar al día siguiente.

Al lugar donde habían divisado el valle lo llamaron Punto de la Inspiración. Y, en cuanto pisaron el sitio en donde ahora no había más que una aldea abandonada, Bunnell quiso que se le nombrara de alguna forma a tal maravilla. Por lo visto las cumbres, los enormes árboles, el río, la cascada... todo le parecía parte de un sueño. Fue él quien pidió a Savage que se le llamara Yosemite en honor a los indios que habían vivido ahí. Al mayor le daba lo mismo y aceptó; él lo que quería era capturar a los indios y poder volver a casa.

Pero es cierto que en la aldea no hallaron más que a Luna y su problema de movilidad.

"¿Dónde están todos?", preguntó con curiosidad Gorrión.

"Todos se fueron al maldito infierno", dijo Luna sin abandonar su posición, recargada contra un árbol, masticando una bellota. Ponwatchee tradujo literalmente.

Ese día acamparon ahí y, según palabras del mismo Bunnell, una especie de sentimiento de armonía, hermandad, exuberancia, se apropió de todos ellos. Y aunque no hallaron indicios por ningún lado de cuál sería nuestro paradero, no se mostraron frustrados ni molestos. A Bunnell le maravilló la extrema sencillez con la que vivíamos, prácticamente en un grado de pobreza extrema.

En las tiendas sólo había vestigios de la gente que las habitó. En la tierra no había huella alguna de nuestro paso gracias a una ligera lluvia que nos acompañó al partir. En la impasible vigilancia de Tutokanola no había una sola respuesta. Y, con todo, esa partida de una docena de hombres del batallón Mariposa durmió en el valle, con el cobijo de las estrellas y la tenue ventisca que corría del este al oeste, como nunca jamás había dormido en su vida. Como si tuvieran cinco años de edad y sólo importara el sueño propicio y el tiempo presente, palabras del propio doctor Bunnell.

Por lo menos cuatro días estuvieron en el valle, hasta que las provisiones dieron de sí. Incendiaron algunas tiendas tratando de llamar nuestra atención, sin éxito. Durante esos cuatro días se organizaban para buscarnos en las montañas; al no dar con nosotros o al ser vencidos por el frío o alguna repentina nevada, bajaban decepcionados. Luego, la noche los cubría y ese sentimiento de exaltación los volvía a abrumar. Se habrían quedado para siempre si no hubiesen recordado que tenían una vida en algún otro lugar, un pasado y un posible porvenir. Bunnell era el más entusiasta e incluso lo apodaron "Yosemity", cosa que no le molestó. Al tercer día, Savage mandó traer a cuatro indios robustos del campamento en South Fork para que cargaran con la anciana, pues no quería partir dejándola ahí.

Los hombres de aquella expedición bajaron a la bifurcación en el Merced la tarde del cuarto día. El resto del batallón y los indios capturados, que ascendían a más de quinientos, los esperaban no sin cierta ansiedad.

A mi padre, aún reunido con la fracción de nuestra tribu que permanecía cautiva, le dio enorme gusto confirmar que, con la excepción de Luna, nadie más acompañaba a los soldados.

"Vaya lugar que tienen ustedes allá arriba, ¿eh, jefe?", le espetó Bunnell. Mi padre fingió no haber entendido ni siquiera después de la traducción.

A final de cuentas, fueron las provisiones, nuevamente, las que obligaron a la tropa y su botín a abandonar South Fork. A los pocos días, Savage decidió que ya había tenido suficiente de guerra y persecución, que entregaría a los indios a la Comisión de Asuntos Indígenas y volvería a su trabajo de siempre. Así que ordenó la marcha hacia Fresno. Repentinamente le había dejado de interesar el resto de indios prófugos en la montaña, tanto los yosemite como los mono.

Oso me contó después que la procesión tomó camino con mucha lentitud, lo cual alargó el viaje hasta casi siete días completos. ¿El problema? Justo la falta de provisiones. Los indios se empezaron a organizar y, durante los descansos, salían a cazar a las regiones silvestres más cercanas, pero no quisieron compartir con los blancos.

Savage ordenó a su gente que, por muy hambrienta que estuviera, no arrebatara la comida a los indios. Pero aún estaban a dos días de distancia y el hambre puede volver loco al más cuerdo. Y malvado al más santo de los hombres. Según Oso, algunas mujeres indias sí se apiadaban de los soldados blancos, pero la dieta del nativo americano no les apetecía en lo absoluto. Por ejemplo, ninguno se animó a comer saltamontes, gusanos, ni pasta de bellota apisonada.

Ante tal situación, Savage ordenó acampar y ofreció al grueso de la tropa que se adelantaran varios a Fresno para saciar el hambre y disponer todo en la reserva para el tumulto que se aproximaba. Boling y tan sólo diez soldados se quedaron al cuidado de más de medio millar de indios.

Diez soldados. Quinientos indios. No había que ser ningún jefe en estrategia para considerarlo una mala idea.

Con todo, no se derramó una sola gota de sangre. Y lo que siguió fue idea de un jefe chowchilla, pero respaldada por todos los jefes presentes, incluyendo a Tenaya.

Una vez que quedaron solos los diez hombres y el capitán Boling, se aproximó a ellos este jefe chowchilla con una oferta. A falta de intérprete, todo lo dijo con señas. Pero no hubo necesidad de gran explicación. Saltaba a los sentidos todo lo que quería decir.

Un indio llamado Mapache se presentó junto con el jefe, llevaba consigo tres talegas llenas de carne recién asada, lista para compartir con los hombres blancos.

Ninguno hubiera podido negarse. Y no lo hizo.

Mapache, quien tenía fama de comer como cinco hombres, se sentó con ellos al centro del campamento blanco. Los caballos, las tiendas, los fusiles rodeaban a los congregados a la luz de la única fogata encendida. Mapache repartió el rancho. Ni siquiera Boling vio motivo para no abrir el whisky. La fiesta se extendió hasta bien entrada la noche, cuando la pesadez de la comilona y el obnubilamiento del alcohol hicieron lo suyo en los ahí reunidos. Uno a uno fueron cayendo. Todos, vale la pena decirlo, con una enorme sonrisa en los labios.

A la mañana siguiente, trescientos cincuenta indios habían escapado. Los yosemite, por supuesto, entre ellos. Sólo Luna prefirió quedarse. Cuando Boling, después de cansarse de maldecir su suerte, le preguntó a dónde se habían marchado todos, no necesitó traducción para conocer su respuesta.

Si de fiestas hablamos, la que se celebró a orillas del lago sin nombre sí que lo fue en toda forma. Oso conocía el sitio al que nos iríamos a refugiar en caso de tener que abandonar el valle y ahí llegaron mi padre, él y el resto de la tribu.

Poco a poco habíamos empezado a levantar, entre todos, las chozas para no dormir a la intemperie.

Nos servimos principalmente de corteza, ramas y hojas secas. Para la segunda noche ya habíamos conseguido que todos los niños y bebés, las madres lactando, los ancianos y los enfermos encontraran cobijo. Para la sexta, más de la mitad de la gente. Cuando llegaron los setenta, ya estábamos prácticamente todos instalados. Yo dormía con Conejo y sus hijos varones. Y esperábamos. Esperábamos alguna señal del Gran Espíritu, porque nada nos aseguraba que no llegaran a cazarnos próximamente. Teníamos apostados centinelas en tres puntos de acceso. Salíamos a cazar pero con miedo y poca suerte, pues el invierno seguía castigando las montañas, principalmente las partes altas como esa donde nos encontrábamos.

Con todo, cuando uno de los vigías descubrió la fila de indios yendo hacia nosotros y reconoció a Tenaya al frente, el júbilo fue generalizado. Nadie cuestionó a las mujeres que organizaron el fuego y las danzas. Conejo tocó su flauta y su tambor, cantó con la mejor de las voces, nos hizo reír. Los niños y las niñas, los ancianos y las ancianas, eran uno mismo, gritando y palmeando como en la mejor de las ukanas. Luz de Día, en su papel de viuda, sólo observó a la distancia; yo, en mi papel de penitente, hice lo mismo. Pero estoy seguro de que ambos compartíamos la alegría de haber engañado al destino. Al igual que todos.

Hubo un momento en el que, aprovechando la confusión de la algarabía, me acerqué a mi padre. Le refrendé el gozo que me daba volver a verlo, la admiración que sentía por el hecho de que hubiesen podido escapar sin haber sido lastimados. Él me apretó el antebrazo. Me sonrió. No apartó la vista de su gente jubilosa.

"¿Volveremos al valle en algún momento, padre?", me atreví a preguntar.

Dejó que pasaran frente a nosotros dos recién casados tomados de la mano. Imitaban a una pareja de lobos cortejándose en el frenesí de la danza.

"Y para no dejarlo nunca más", me respondió con el brillo de la fogata apacentando sus ojos.

obbins se quitó los lentes para observar, en su muñeca, el fantasma del trazo que había hecho Connors con un bolígrafo. A su lado, su esposa dormía apacible. O eso creía.

—¿Vas a leer hasta tarde, Roy?

Habló Liz sin abrir los ojos. La lámpara estaba encendida sobre el buró y arrojaba una tenue luz sobre el cuadernillo que le facilitara Connors. La apretada letra manuscrita de Petirrojo era una especie de cuña que se abría paso, por su corazón, hacia ciertos sentimientos dormidos, aletargados. Sensaciones que creía olvidadas. A fin de cuentas, ya no iba al Yosemite por el exceso de turismo.

—Un rato más, querida. Duerme.

Liz nunca se había quejado de la luz que utilizaba él, en ocasiones, para leer hasta tarde. No tenía problemas de sueño. En realidad era sólo una pregunta ociosa. Robbins lo sabía y por eso se inclinó sobre ella. La besó en la frente. Una sonrisa apareció y desapareció al instante.

Robbins se frotó el dibujo en la muñeca. La tercera línea torcida, poseedora de un misterio incomprensible.

Al leer sobre los sentimientos del doctor Bunnell y aquella brigada que pusiera por primera vez las plantas sobre el valle de Yosemite en 1851 recordó los tiempos en que él se instaló en el Camp 4, a los pies del Half Dome, aproximadamente cien años después. Trajo a su memoria cuando decidió que ahí se quedaría a hacer lo único que le interesaba en la vida: vivir en libertad. Recordó el gusto por la escalada, por el desafío, por la competencia. Recordó no sin cariño a Warren Harding y su ascenso de días y días al Capitán. El primero registrado en la historia. La sensación de triunfo que concede mirar al valle desde una cúspide conquistada. Como si ninguna otra cosa en el mundo importara.

Verificó la hora en el reloj sobre el buró. Decidió terminar el cuadernillo de Petirrojo de una sentada.

Porque sabía que eso no versaba solamente sobre la enorme belleza de un valle o la historia de una tribu peculiar. No. Era otra cosa.

ME GUSTARÍA AFIRMAR QUE, AUNQUE
NO SOY UN HOMBRE RELIGIOSO YO TAMPOCO,
SÉ QUE HAY ALGO MÁS ALLÁ DE LO VISIBLE.
ALGO QUE NO PUEDE EXPLICARSE CON LOS
MÉTODOS TRADICIONALES NI SE
PUEDE PERCIBIR CON LOS SENTIDOS.

Me gustaría decir ahora esto porque, puesto que soy probablemente el último de los ahwahneechee vivo, no puedo envanecerme por lo conseguido.

El último día de la tribu, ese día en el que mi padre completó sin palabras el mensaje trunco de Wahwonah para mí, lo hice obedeciendo a una fuerza interior desconocida que no puedo llamar enteramente mía.

Yo nunca antes había escalado nada más alto que un árbol.

Nunca había mirado a los hombres de arriba hacia abajo.

Nunca había pensado que lo imposible fuera posible.

No hasta ese día en que el grito de guerra de los mono acudió, definitivamente, al rescate de nuestra tribu.

El capitán Boling, tremendamente avergonzado por su error, se ofreció a retomar la cacería de indios. Dicen que cabalgó hacia Fresno para notificar su tontería y volver para armar un destacamento que se encargara de recuperar a los indios perdidos. Savage se lo tomó a bien e incluso le agradeció que lo liberara de esta responsabilidad. De cualquier modo, él era más útil en la reserva sirviendo como intérprete entre los comisionados y los indios.

Durante la primera avanzada, Boling pudo recuperar hasta cien indios que aún se encontraban en los alrededores. Los convenció de que aquellos rumores esparcidos por los chowchilla de que junto con los blancos irían camino a la muerte eran infundados. Les dio su palabra de que estarían incluso mejor que en sus tierras.

En la segunda avanzada ya tenía un plan prácticamente infalible. Llegaba al poblado y hablaba con el jefe. Si éste no volvía al redil, prendía fuego a la aldea.

Así que, donde no funcionó la persuasión de la palabra, lo hizo la del fuego. Ya no era una guerra como tal, pero sí un aviso de desalojo irrevocable. Varias aldeas quedaron inhabitables. El hartazgo del batallón era patente. Querían terminar esa locura y volver a la minería, que era lo suyo.

Al cabo de unos días, todos los indios que habían escapado marchaban rumbo a la reserva. Todos excepto los yosemite.

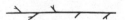

La vida en el lago no era fácil ni placentera. Pero al menos no teníamos ningún yugo sobre nosotros.

En todo caso, el hambre nos tenía sometidos a su designio. Ni siquiera las flechas carmesí y esmeralda de Oso nos procuraban comida suficiente. Ya eran los últimos días de abril y la nieve no cedía.

El Ahwahnee nos estaba prohibido hasta no estar seguros de que habrían dejado de buscarnos.

Mi padre pidió a Conejo que lo llevara a Fresno.

"¿Estás loco, padre?"

"Más loco sería morir de hambre. Quiero ver si en la reserva estaríamos mejor que aquí."

Se lo pidió en secreto. No quería que nadie se enterara. Y no se le podía culpar. Los niños no dejaban de llorar. Las madres estaban perdiendo la leche. La debilidad era una sombra que caía lentamente sobre nosotros.

"Podemos ir con los mono y pedirles ayuda", dijo Conejo.

"No habrán almacenado comida como para alimentar a otra tribu entera", se lamentó Tenaya con justicia.

"Tendremos entonces que correr el riesgo de bajar al valle y traer de nuestras propias provisiones", sugirió mi hermano mayor, confiando en que no hubieran sido saqueados nuestros almacenes de granos, semilla y carne seca.

Era lo que todos estábamos esperando, pero volver al Ahwahnee y permanecer ahí sería la forma más sencilla de ponernos en las manos de los hombres blancos. Mi padre lo meditó un poco.

"Está bien", resolvió. "Vayan tú y tus hermanos. Pidan a Zorro y a Alce Gris que los acompañen. Pero no se pongan en riesgo."

Y así lo hicimos. Los cinco bajamos al valle con entusiasmo.

Y la sola visión del Yosemite cuando superamos las montañas fue como sentarse al hogar enmedio de una ventisca. Como ocupar un sitio a la mesa en donde te sabes reconocido, amado, a pesar de que no haya nada en tu plato. Algo hay de reparador en el cobijo de los lugares que nos son familiares.

Hermano americano, si has estado en el valle de Yosemite, sabrás que no miento. Que su sola magnificencia te atrae, te hace querer llegar cuanto antes. Te pide quedarte de una vez y para siempre.

El entusiasmo nos duró muy poco. Aunque la aldea no había sido reducida toda a cenizas, lo que habíamos aprovisionado para el invierno había desaparecido por completo. Tal vez indios de otras tribus, tal vez los animales de la región, el caso es que en

ninguno de nuestros chukahs había nada que pudié-
semos llevar con nosotros.

Y, no obstante, no hubo sentimiento de desola-
ción. Ya lo comenté líneas atrás. Era como volverse
a sentar frente a una hoguera siempre encendida
para nosotros. El frío era el mismo, prácticamente,
que el de la alta montaña. Y nuestra hambre permanecía intacta. Pero no era cosa trivial que los cinco
que habíamos bajado hubiéramos nacido y crecido
en el valle. Era natural que el corazón se nos llenara
de júbilo sólo por estar ahí nuevamente. Recuerdo
haber pensado que, de no ser porque había dejado mi
roca en el lago sin nombre, habría considerado se-
riamente quedarme, recuperar mi tienda, seguir con
mi vida. Acaso, sí, había sido hipnotizado del mismo modo que le ocurrió a Tenaya la primera vez
que pisó estas tierras.

Estábamos en una labor de reconocimiento.
Hurgando entre las chozas con un ánimo casi pue-
ril, de juego. Buscando comida y pieles mientras
uno bromeaba y otro contestaba, uno cantaba y el
otro le hacía coro, cuando Conejo escuchó un ruido por el oeste. Algo fuera de lo común que sólo sus
oídos podían distinguir. Nos pidió silencio y, aun-

que ninguno de nosotros oyó nada, él dejó lo que estaba haciendo para echar a correr en esa dirección. Los demás lo seguimos.

Muchas veces he pensado qué habría sido de nosotros, de la tribu, de mi padre y hermanos, de mí mismo, si no hubiésemos bajado ese día. Si hubiésemos detenido a Conejo en esa carrera. Acaso el destino sí exista y ya estaba trazado para cada uno de los que conformamos esta historia.

Boling y su gente estaban intentando cruzar el río Merced por esa zona del valle. El torrente les impedía el paso. Los caballos se negaban a avanzar y quizá con justa razón: hubiesen sido arrastrados por la corriente. Pero nos vieron y nosotros no hicimos nada por ocultarnos.

Algo gritaron en inglés que nosotros, desde luego, interpretamos como "¡Alto ahí! ¡Deténganse!"

Pero era tan evidente que no pasarían el río, que incluso disfrutamos la vista. Se trataba de unos ocho soldados tratando de llegar al valle. Fracasando en su intento.

¿Vale la pena contar que era la primera vez en mi vida que veía a un hombre blanco a los ojos? Boling era rubio, de barba y cabellos como la hierba seca. Ojos de cielo. Y me pareció, de primera impresión, un buen tipo. Bunnell iba con ellos. También barbado aunque de cabello más oscuro. Igualmente me inspiró un sentimiento de hermandad y confianza. ¿O sería el efecto que causaba el Ahwahnee en la gente? No lo sé. Lo cierto es que no temí y ninguno de los que me acompañaban tampoco. Es probable que el humor con el que nos hallaron influyera en nuestro comportamiento. De repente éramos chicos otra vez, muchachos en una travesura. Y reímos abiertamente de ellos, del otro lado del río.

Volvieron a gritarnos y nosotros a reír.

Entonces ocurrió. Bajaron de sus monturas y se dispusieron a cruzar el río sobre sus pies o a nado, las armas en alto y los ojos fijos en la otra orilla.

Era un juego de corre que te alcanzo. Aún riendo fuimos en dirección contraria. Nos ocultamos en Kompopaizes, tras una roca que daba buena sombra. Ni siquiera Oso se mostraba en su habitual gravedad. Acaso estábamos seguros de que nada malo habría de pasarnos. Acaso el valle nos dominaba a ese grado. Tantos días lejos de él y de pronto estábamos intoxicados de su influjo. Porque nada malo pasaba nunca en el Ahwahnee.

Ahí mismo, en la primera pendiente de Kompopaizes, nos apresaron.

Éramos cinco hombres, tal vez los más cercanos a Tenaya. Sus tres hijos varones, Conejo, Petirrojo y Oso; Zorro, su yerno; y Alce Gris, un muchacho que había llegado a la tribu tres años atrás y al que mi padre tomó cariño de inmediato.

Bunnell reparó enseguida en Oso, a quien reconoció sin ningún problema. Reparó en Conejo. En mí. Tiempo después decidió nombrar aquel lugar, los tres picos que enmarcaban nuestra captura, como Tres Hermanos.

Iniciaba el fin definitivo de la inocencia.

La suerte. La persistencia. La resistencia. La tenacidad.

A fin de cuentas todo fue como un juego, hasta que corrió la primera sangre. Ellos eran mineros; nosotros, nativos. Ninguno tenía odio contra el otro. ¿Acaso no habría podido Oso disparar sus flechas contra ellos a través del río y matarlos uno por uno? ¿Acaso no habrían podido ellos disparar sus rifles contra nosotros y matarnos uno por uno? No había odio. Al menos al principio. Después, quizá por el hartazgo de esa misión absurda, las cosas cambiaron.

Llevaban consigo a un indio pohonochee llamado Sandino que fungió como intérprete entre nosotros y así al menos pudimos comunicarnos, aunque había poco que decir. Ellos trataron de conseguir información respecto al paradero del resto de los yosemite; nosotros, en cambio, no estábamos dispuestos a revelar nada.

Seguramente el capitán Boling, al frente de esa brigada, se vio a sí mismo condenado a repetir la misma historia hasta el infinito. No hacía mucho había estado ahí, en el valle, tratando de dar, sin éxito, con los yosemite, y ahora, aunque contaba con cinco rehenes, no parecía mejorar su situación en lo absoluto, pues ninguno daba señales de querer colaborar. Intentó por todos los medios, excepto el de la tortura física, de convencernos para que le llevásemos a donde se escondían Tenaya y su gente. Nosotros aducimos que nos era imposible pues el castigo para un delator era la muerte. Y él, negando con la cabeza, volvió a las andadas: explorar los alrededores y rezar por un milagro.

Así que, atados espalda con espalda, yo con Zorro y los otros tres entre sí, observamos por varios días a los soldados de Boling y sus guías indios internarse en las montañas y volver una y otra vez sin nada. Sólo nos soltaban para hacer nuestras necesidades, siempre bajo la estricta mirada de un hombre armado.

Para el quinto día ocurrió el primer evento que exacerbó los ánimos de nuestros captores. Nosotros dormitábamos bajo la luz del quemante sol, sentados en el suelo, cuando apareció el doctor Bunnell junto con otro soldado sosteniendo por los hombros a un hombre llamado Spencer. Éste sangraba copiosamente y no podía apoyar una pierna. Lo internaron en una de las chozas vacías y ahí lo atendió Bunnell.

No tardamos en saber que había sido víctima de una emboscada. A través de un pasadizo por la montaña, siguiendo un rastro de huellas que le pareció interesante, el hombre vio venirse sobre él una avalancha que no pudo eludir de ninguna manera. Rocas de todos tamaños lo golpearon hasta casi sepultarlo. Bunnell iba con él pero, a diferencia de Spencer, se mostró más receloso ante un rastro tan evidente. Por eso él no resultó herido, pues sospechó desde el principio. Nosotros comprendimos que nuestro padre ya estaba tomando medidas para intentar rescatarnos. O para frenar el avance de los blancos.

Sin embargo, el terrible estado en el que quedó Spencer hizo que sus camaradas se ensañaran con nosotros.

Un sujeto de nombre Jackson, de espesa barba y picante olor a whisky, salió de la tienda donde se encontraba Spencer, hecho una furia.

"¡Yo digo que matemos por lo menos a uno!", gritó mirándome a los ojos. "¡Spencer pudo haber muerto, así que hay que darles una lección a estos salvajes! ¡Hagámosles ver que nosotros podemos matar también!"

Sandino, quien mascaba un poco de pasta de trébol, tradujo con indolencia. Al parecer le divertía mucho todo lo que ocurría porque él no se sentía involucrado.

Boling aprovechó para intentar sacarnos nuevamente la información. Nos negamos y Jackson sólo dio un puñetazo lleno de rabia en la tierra.

Mis hermanos y yo nos miramos. Habíamos escuchado el chillido del gavilán varias veces, así que sabíamos que éramos vigilados por los yosemite desde las montañas. Pero en nuestro interior cobijábamos el miedo. Tal vez en algún momento Boling llegara al límite de su paciencia y ordenara algo terrible a cambio del paradero de nuestro padre.

Al día siguiente incendiaron toda la aldea.

"Una tribu es más que el lugar que habita", pensaba mientras veía arder las chozas, la casa ceremonial, los sudatorios, los almacenes vacíos. Todo lo que indicaba el paso de nuestra gente por ese valle.

Y si piensas, hermano americano, que fue ése el momento en que rompí mi promesa y me rendí por fin a las lágrimas, estás equivocado. Aún faltaba vivir algunos sucesos.

Boling se había hecho el firme propósito de no volver a Fresno sin los yosemite. Casi se había obsesionado con ello. Y por eso no cejó en sus búsquedas. Marcaban sitios en los mapas, descartaban rutas, probaban nuevos accesos, volvían con las manos vacías. El campamento entró en una suerte de rutina que nos llevó a prácticamente un mes de tolerarnos unos a otros. Por eso el ánimo de los soldados se volvió a relajar, porque la primavera ya era, al menos en el valle, una realidad.

Mis hermanos y yo agradecíamos que nuestro padre no hubiera organizado una misión de rescate, pues eso podría llevar a una conflagración innecesaria. Le apostábamos a la posibilidad de que Boling se rindiera. Pero supongo que el Ahwahnee ya ejercía su mágico poder en el capitán, y por eso no se veía tan urgido de marcharse.

Para entonces ya nos permitían permanecer desatados todo el día, y sólo nos volvían a amarrar durante la noche.

Y hubiéramos podido permanecer de ese modo hasta el fin de los tiempos, supongo. Pero entonces ocurrió el segundo evento que encendió los ánimos de la tropa. Esta vez de una forma insospechada.

Fue durante una mañana que algunos soldados ociosos se pusieron a jugar con el arco y las flechas policromáticas de Oso. Intentaban atinarle a algún objeto a la distancia con muy poca o ninguna suerte. Así que se les ocurrió pedirle a él, a mi hermano, que les hiciera una demostración. Oso, a regañadientes, les sirvió de entretenimiento, tirando magistralmente a todo lo que le pusieron enfrente y sin importar distancia. Una mochila. Un sombrero. Un tronco. Una bota arrojada al aire.

Y fue durante esta exhibición que se les ocurrió a los mismos soldados que un indio debía ir a recuperar las flechas, no un blanco. Designaron a Conejo.

Oso disparaba. Conejo iba por la flecha. Así, tiro tras tiro.

Tiro tras tiro.

Mis dos hermanos se miraron, cómplices, aunque sólo yo lo advertí.

Oso disparó a la lejanía, hacia los lindes del bosque.

Los soldados aplaudieron. La fuerza, la contundencia del disparo, lo lejos que llegó el tiro. Era impresionante. Conejo fue a toda velocidad a recuperar la saeta. Volvió con ella.

Ahora Oso apuntó hacia el interior del bosque, lo más lejos que su brazo podía mandar el tiro. La flecha surcó el aire, partiéndolo en dos con su zumbido característico. Todos la contemplamos hasta que se perdió de vista y fue a incrustarse en algún tronco de la arboleda. Se escuchó el golpe contra la madera. Los soldados volvieron a aplaudir.

Conejo salió disparado a toda velocidad... para no volver nunca más.

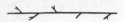

Boling estaba que echaba espuma por la boca. No podía creer que se le hubiera escapado un indio.

Y es que, para cuando los soldados, tan divertidos con la exhibición de Oso, se dieron cuenta de que el encargado de traer las flechas ya había tardado demasiado, la persecución fue del todo inútil. Corrieron en pos de Conejo, fusil en mano, pero no consiguieron siquiera verle el polvo. La ventaja que les llevaba, aunada a la velocidad con la que salió y la tardanza en la reacción de los soldados, hizo el milagro de su escape. Yo me sentí contento por mi hermano, pero no nos la había dejado nada fácil a los que nos quedamos.

Nos volvieron a atar, espalda con espalda y sólo nos desataban dos veces por día para ir al baño.

Ningún soldado volvió a hablarnos directamente y todos nos veían con rencor.

Al poco tiempo, Boling tuvo una idea curiosa. Fue a caballo por todo el valle gritando el nombre de mi padre. Sandino lo acompañaba.

Ida y vuelta fueron gritándole a Tenaya por periodos en los que se detenían, aguzaban el oído y continuaban.

Curiosamente, la idea funcionó.

Al término de la tarde, en lo alto de una de las pendientes de la cima conocida como Tokoya, respondió el jefe de los yosemite.

Haciéndose pantalla con la mano, Boling miró hacia arriba y sonrió.

Y tuvo un muy breve diálogo con Tenaya. Los gritos de ambos se escuchaban revestidos por el eco a lo ancho del Ahwahnee.

Demasiado breve, de hecho.

Mi padre le decía que jamás los encontrarían. Que tendría que resignarse a dejarlos vivir tranquilamente. Que los rehenes no le importaban más que una semilla de avellana. Que era la última vez que lo verían. Que más les valía rendirse y volver por donde vinieron.

Boling, enfurecido, organizó una acometida hacia el sitio en el que vio aparecer a Tenaya, siguiendo la pendiente lateral de la montaña. Por supuesto tuvo que claudicar casi al instante, cuando uno de los que iban en pos del escurridizo jefe indio, estuvo a punto de morir al perder el piso y casi desplomarse al acantilado.

Boling no dejó de gritar y maldecir el nombre de mi padre hasta que oscureció.

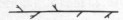

Ahora que han pasado tantos años y traigo a mi memoria el recuerdo de mi último día en el campamento, reconozco que nunca supe si todo fue una muy bien cuidada estratagema del capitán Boling. O todo fue producto del azar. Nunca le pregunté a Bunnell, y siento que saberlo habría sido bueno para mi alma, para la paz de mi espíritu.

O tal vez no. Tal vez nunca haya descanso para mí por lo que aconteció esa tarde aciaga.

Y tal vez me lo tenga muy bien merecido.

Oso y yo estábamos atados uno contra el otro, como de costumbre. Echados sobre nuestros hombros en la tierra. Soportando las moscas en el rostro, el polvo, el sol.

Entonces sentí que él conseguía liberar una de sus manos.

¿Nos habían atado holgadamente con toda deliberación o fue un verdadero descuido?

Jamás lo sabré.

Lo que sí sé es que el sol todavía no se ocultaba tras la montaña y nosotros ya habíamos logrado sacarnos la cuerda de encima de la manera más discreta posible.

"Yo lo advertí y pasé el informe", me contó el doctor Lafayette Bunnell años más tarde. "Vi que usted y su hermano forcejeaban con la cuerda y lo reporté a Chandler, quien no le dio la debida importancia."

Por eso sospeché que tal vez había sido una orden de Boling.

Después de liberarnos, Oso y yo aguardamos tendidos hasta que estuvimos seguros de que ningún guardia nos vigilaba.

"A mi señal, nos ponemos de pie y echamos a correr hacia el bosque, ¿me oíste, Petirrojo?"

Pese al calor, un escalofrío me recorrió la espalda.

"¿Por qué no esperamos mejor a que oscurezca, Ysymati?", le dije, temeroso.

"Porque es posible que se den cuenta antes y perdamos nuestra oportunidad."

"Pero... si nos descubren, tirarán a matar", objeté.

"Entonces habrá que correr muy fuerte, ¿o no?", dijo con cierto entusiasmo en la voz.

Sé que estaba pensando en mi padre. En Conejo, ya a salvo. En la posibilidad de estar con los nuestros lo antes posible y dejar de padecer ese estúpido cautiverio. Darle más motivos a Boling para abandonar la empresa y regresar a Fresno.

Sé que tenía los ojos llenos de futuro.

Por eso se me rompe el corazón nuevamente ahora que lo revivo y lo plasmo en estas hojas. Porque sé que hubiera sido el mejor de los jefes. Mejor que Tenaya. Mejor que todos.

"¡Ahora!", dijo en un susurro.

Y nos deslizamos fuera de la soga pero no nos levantamos al instante.

Un terror se apoderó de mí y me quedé inmóvil. Oso me miró a los ojos y espetó: "Vinimos tres, nos vamos tres, cabeza de piedra". Yo asentí y me incorporé en seguida.

Comprobamos que no había nadie en los alrededores, excepto Zorro y Alce Gris, vencidos por el sueño. Intentar liberarlos sería arriesgar demasiado. El crepúsculo estaba a unos minutos.

Y corrimos hacia el bosque.

Luego, una detonación. Tremenda. Implacable. Me hizo correr más deprisa. Tal vez a Oso también. Por ese par de segundos en el que sus piernas aún le respondieron, tal vez corrió con más fuerza. Por ese par de segundos en el que la vida en el Yosemite aún era posible. Por ese mínimo instante en el que aún su mejilla no golpeaba contra la hierba y sus ojos aún estaban llenos de futuro, tal vez corrió más fuerte que nunca.

Yo, por mi parte, no paré de llorar hasta mucho tiempo después. Después de que me echara en los brazos de mi padre, después de que buscara el solaz de nuestra tribu, después de que me visitara el sueño como un feroz demonio de dientes y garras afilados, al interior de la tienda de mi hermano Conejo, sobre una cama de piel de grizzly que sentí que no me merecía en lo absoluto.

Nos habían aplicado la ley fuga. Había un hombre esperando nuestra carrera con el rifle bien dispuesto y la mira perfectamente ajustada. Nunca supe si Boling estuvo detrás de esto como una forma de represalia en contra de mi padre, quien había alardeado que los rehenes le importaban un bledo. Honestamente no lo creo. Boling siempre me pareció honorable y, según Bunnell, dio trato de asesino a Jackson, el hombre que mató a Oso. Lo mandó arrestar y envió a Fresno para que enfrentara a la justicia. Cosa curiosa en medio de una supuesta guerra. Pero, la verdad, siempre he visto a esos hombres como víctimas también a su manera. Ninguno de esos hombres blancos habría levantado la mano contra un piel roja en otra circunstancia; y viceversa. Lo que nos debe dar una pista, querido hermano americano, respecto a las absurdas razones que llevan a los seres humanos al odio y el derramamiento de sangre. Un metal, en las entrañas de la tierra, brilla más que otros metales. Eso es todo. Y la guerra y la muerte son la consecuencia natural. Es imposible pensar en nada más absurdo que eso.

El mejor hombre que había surgido del valle del Yosemite yacía sin vida en el mismo sitio que lo vio nacer. Y nada podía remediarlo.

Boling dio orden de liberar a Zorro y a Alce Gris, quienes se fueron al bosque sin prisa, con los ojos también arrasados por la tristeza, por la inexorable pérdida, por el fin definitivo de la inocencia. Había órdenes expresas de que nadie los siguiera, y no miraron tras de sí durante todo el camino.

Boling mismo dispuso el cuerpo de Oso sobre una manta, justo al centro del valle, frente a la imponente mirada de Tutokanola. Boling mismo le cerró los párpados y depositó carcaj y arco en su pecho.

Dicen que se sentó frente al cuerpo a esperar. Él solo, envuelto en un gabán, con su fusil en las manos, listo a defenderlo de los depredadores y carroñeros.

Y que no esperó demasiado.

A la mañana siguiente se presentó Tenaya, como un espíritu del bosque. Cargando el fardo de una tristeza como ninguna otra.

Dicen que se rindió de hinojos frente al cuerpo de su hijo menor y que su llanto fue como nunca se había escuchado otro en el valle del Ahwahnee, donde nunca pasaba nada malo.

Según Bunnell, hasta ese momento dejó Boling su sitio frente al cadáver de Oso y fue a fumar a la distancia, respetando el sensible duelo de Tenaya. Pero igual me contó el doctor que ni siquiera en ese momento de tregua renunció el capitán a la idea de que tenía que volver algún día a Fresno con todos los yosemite como botín.

Mi padre no estuvo presente en el funeral de su hijo menor. Lo lloró un día entero y, para cuando volvió a caer la noche, nos presentamos siete hombres de la tribu para cargar con los restos de mi querido hermano menor. Tenaya nos esperaba. En un pacto tácito del que nadie habló, fuimos al Yosemite y reclamamos el cuerpo sin que nadie nos estorbara en esta misión. Ningún hombre blanco estuvo presente.

"Lo siento", dijo mi padre en cuanto tendimos a Oso sobre la camilla para llevarlo en andas. "Yo me quedo aquí. Es lo justo."

Me consumió la rabia. Me aniquiló la tristeza.

"Justo sería que nos dejaran vivir en paz", gruñí, furioso.

"Lo sé", dijo nuevamente mi padre. "Pero el capitán no tenía ninguna necesidad de respetar el cuerpo de Oso o de permitir esto. Así que creo que lo más honorable es dejarles al menos un rehén a cambio."

"Deja que sea yo."

"Jamás."

Me puso la mano sobre el pecho. Luego la extendió a mi mejilla.

"No lo sabes", murmuró, "pero cuando tuve aquel sueño y los mandé a los tres a visitar a Wahwonah, tú eras el único que en realidad debía ir".

"No te comprendo, padre."

"El espíritu me pidió que te enviara al bosque. Yo le imploré que recibiera también a mis otros hijos."

"¿Pero por qué yo?", reclamé. Y sentí deseos de gritar que de los tres yo era el más inútil, el más torpe, el más lento. Quise gritarle que a mí me estaba reservada una piedra inservible, que yo debí haber muerto en vez de mi hermano, que no merecía ni su amor ni el de Conejo. La única razón por la que no derramé más lágrimas es que ya tenía los ojos vacíos de tanto llorar.

"Una tribu es más que el lugar que habita. Y un hombre es más que el cuerpo que lo sostiene", dijo después de dar un gran suspiro, como si se lo dijera más a sí mismo que a mí. Pero tomó mi mano y acarició el tatuaje en mi muñeca.

Y yo deploré que me hablara así cuando teníamos a Oso tendido y a él listo para sacrificarse por todos. Preferí no agregar nada.

Una vez que mi padre se despidió de cada uno, los siete iniciamos la procesión de vuelta al lago. En silencio y sin descanso.

Al amanecer del siguiente día preparamos la pira en la que despediríamos para siempre a Oso. Podía decirse que era el único que había ofrendado la vida por la guerra. Una tonta guerra en la que ningún yosemite había levantado la mano contra otro ser humano.

Cuando las llamas se levantaron en lo alto del cielo, supe que el Gran Espíritu las ocultaba de la vista de todo el mundo, excepto de los ojos de nuestra tribu. Y supe que el final de la historia, aunque cerca, no estaba aún del todo escrito.

Lo que siguió no fue sino una lucha de tenacidad entre dos rivales que, aunque no se odiaban, sí necesitaban salir victoriosos para poder abandonar tan bizarra pugna. Mi padre permaneció callado por varios días. Comía lo que le ofrecían pero ni una sola palabra salió de su boca. Boling, por su parte, decidió utilizar al viejo jefe indio como guía para la localización de su gente, muy a su pesar. Después de respetar el luto de mi padre, lo ató de la cintura a una cuerda y lo obligó a incorporarse a las expediciones de búsqueda.

De esta forma inició ese ajedrez estúpido en el que ninguno de los dos hombres estaba dispuesto a ceder una sola de sus piezas. Tenaya no hablaba y Boling no le permitía ningún descanso. En esos días el capitán cayó enfermo de neumonía, así que las caminatas tuvieron que seguir sin él, pero la rutina se mantuvo incólume.

Día tras día volvían a andar los mismos caminos y subiendo a las mismas montañas. Y aunque a veces propiciaban más la exploración profunda, la nieve y las pocas provisiones los obligaban a retraerse.

Boling sabía que nuestra ubicación no podía estar muy lejos pues había visto indios ir y venir con gran soltura; pero no cualquiera se mueve por esos riscos y no cualquiera los conquista. Ése era nuestro secreto: el acceso al lago era a través de una ladera aparentemente intransitable del que hoy se conoce como monte Hoffman. Todas las veces que los exploradores habían hecho esa ruta, habían desdeñado ese sendero por peligroso.

Y así siguieron los días. Las nieves se empezaron al fin a derretir y los ríos aumentaron su caudal. Boling, enfermo, y el doctor Bunnell tratando de descifrar a ese indio orgulloso y admirable que no dejaba de acompañarlos a todos lados con el rostro de piedra. Los soldados, habituándose a la vida en las montañas. El único que parecía a punto de estallar era Sandino, el intérprete; incluso intentó engañar a Boling diciéndole que Tenaya le había confesado que toda su tribu se había largado ya con los mono y que esa misión terminaría en carnicería si no se contaba con más hombres y más armamento. Boling nunca creyó esta versión.

En varias ocasiones mi padre intentó huir con la única intención de que le dispararan por la espalda, como a mi hermano. De hecho, la primera vez que lo hizo, una vez que fue recapturado se echó a llorar como si apenas hubiese muerto Oso el día anterior. "¡Mátenme como mataron a mi hijo!", suplicó. Las otras veces sólo se lamentó de que lo volvieran a capturar y regresaba a su mutismo.

Bunnell intentó hablar varias veces con él, aunque fuese por señas. Y mi padre se mostraba afable pero nunca dio indicios de querer confesar nada.

Fue aproximadamente después de un mes entero que la cosa cambió. Boling se repuso de la neumonía y, como si hubiese sido aconsejado por el Gran Espíritu, tomó la decisión de un cambio de ruta. Decidió marchar a South Fork y enviar a su gente por más provisiones a Fresno. Pero ya en South Fork, ordenó una nueva avanzada en busca de las fuentes que alimentaban a las cascadas Scholook, Schotalowi, Piweiack. Si alguien hubiese estado mirando a mi padre con atención en ese momento, habría detectado la sombra de un temor en su rostro ante la sola mención de dichas caídas de agua. Querían ir en pos del afluente a través del Cañón del Indio. El lago sin nombre, por ese lado, era bastante visible.

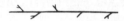

Tenaya utilizó todo tipo de ardides para retrasar la nueva expedición. Se fingió enfermo del estómago o presa de una extraña tristeza que lo postraba inexplicablemente. Volvió a intentar escapar, ahora con mayor frecuencia y renovado ímpetu. Pero nada de eso sirvió. Boling, al frente de sus hombres, siguió su corazonada y, bien abastecido de comida y de mantas, ascendió las cumbres que llevaban al monte Hoffman. Acceder por ese lado mostraría el lago a través de uno de los barrancos. Tal vez en verdad el Gran Espíritu deseaba ya un final para toda esa gente.

Después de un par de días, Bunnell comenzó a notar el cambio en el carácter de mi padre y lo transmitió al capitán Boling. Pero éste no se mostró entusiasta. Al parecer el frío de esas cimas le estaba cayendo mal, dado su reciente estado de convalecencia. Pidió a sus hombres que lo dejaran ahí y siguieran ellos.

El principio del fin se anunció cuando, al superar una pendiente y alcanzar una pequeña planicie, dieron con un arroyo. Y, acuclillado sobre éste, un indio tomando agua. Fue tan sorpresivo que no hubo modo de hacer nada al respecto. El indio echó a correr y los hombres que acompañaban a Bunnell no pudieron seguirle el paso. Pero era más que claro que se trataba de un yosemite y no de un miembro de alguna otra tribu.

"Jefe", pidió Bunnell a Sandino que le tradujera al dirigirse a mi padre. "Tal vez no sea tan malo que esto termine. El gobierno de los Estados Unidos se hará cargo de ustedes. Lo tendrán todo, se lo aseguro."

El precario consuelo le supo a Tenaya a tierra sucia. Al cántico más triste.

"Hasta la más tersa piel de venado se vuelve áspera cuando se usa a la fuerza", replicó enojado.

Bunnell se grabó estas palabras, que reprodujo en su cita conmigo, años después, pero no las quiso plasmar en sus memorias porque en ese entonces aún creía en las bondades del aislamiento de los indígenas americanos.

Se avecinaba el ocaso y hubieran debido acampar pronto, pero el doctor Bunnell estaba seguro de que el indio descubierto daría la alarma y haría que la persecución se extendiera, por eso ordenó continuar.

Caminaron por donde había huido el indio y, después de un par de horas, alcanzaron el borde de un acantilado.

Llegar al otro lado del cañón era relativamente fácil si se continuaba en forma paralela al borde. Había un punto en el que las dos mesetas se unían.

Con la hermosa luz del sol tiñendo el horizonte de colores encarnados, Bunnell, Tenaya, Sandino y cinco hombres de a pie contemplaron el hermoso lago, reluciente como un espejo. Las chozas de los yosemite. La tribu sorprendida de haber sido descubierta por el lado contrario al valle. El agridulce sabor de que todo había terminado.

Aún pesaba sobre nosotros la advertencia de mi padre de que no intentáramos rescatarlo, que no volviéramos al valle, que tratáramos de continuar sin él. Pero yo ya había tomado la determinación, junto con Conejo, de ir y arrebatárselo a Boling. Sólo era cuestión de tiempo. Habíamos decidido bajar al valle en cuanto hubiésemos asegurado la supervivencia de la tribu.

En ese momento estábamos en negociaciones con los mono para que nos cedieran un poco de comida, pues la caza era muy mala y apenas estaba cediendo el invierno. Conejo y yo suplicamos que nos dieran en préstamo un par de caballos para poder aguantar algunos días más. La negociación fue muy difícil porque el jefe Águila Blanca insistió desde el principo en que no trataría con nadie más que con Tenaya, a quien consideraba su hermano, pues lo había conocido desde los tiempos en que aún vivía con ellos, con los mono, y jugaban en la misma pradera.

Estábamos a punto de conseguir un caballo para sacrificarlo al día siguiente. Yo conversaba con un anciano respecto a cómo la gente se encontraba triste y molesta. Le confiaba que yo mismo llevaba día y medio sin probar alimento.

Entonces ella se detuvo frente a mí.

Me miró a los ojos.

Era la primera vez que me buscaba en seis años.

"Nunca te dije lo mucho que sentí la muerte de Oso."

Permanecí callado por algunos instantes, incapaz de creerlo.

"Gracias, Áweny."

"Y ahora quiero decirte que, aunque ya todo terminó, fue bueno ver que al menos no nos cazaron como a un venado herido. Y que hiciste lo que pudiste, Petirrojo."

Se echó a correr a la choza en donde vivía con su madre y otras mujeres. Y, aunque no entendí del todo a qué se refería, con ese gesto me sentí vivificado. Después de la partida de mi hermano menor al lugar feliz en el oeste, nada me había confortado tanto como el que ella me mirara sin que yo la mirara antes. Y que me dirigiera palabras que no estuvieran cargadas de resentimiento.

Pero poco me duró ese gozo.

Un niño me hizo notar a qué se refería Luz de Día. Uno de los hijos de Conejo gritó algo y señaló al otro lado del barranco. Luego, la viuda de Oso. Luego, alguien más. Luego, toda la tribu miraba en esa dirección.

Habíamos sido descubiertos por el lado contrario al valle.

Bunnell, Tenaya, Sandino y cinco hombres de a pie miraban en esta dirección. Sin ánimos de lucha. Sin júbilo en el semblante. Con el agridulce sabor de que todo estaba consumado.

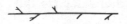

Y no. No hubo lucha ni nada parecido. Cuando alcanzaron los lindes de nuestra improvisada aldea, corrí a los brazos de mi padre, de rostro cansado y repleto de silencios.

No se disparó una sola bala.

Bunnell incluso levantó la mano para saludarme, en son de paz. Hice lo mismo. Recuerdo que años después, cuando nos reencontramos en Nuevo México, él me saludó de la misma manera y yo sentí que algo se reintegraba en mi interior.

La gente de la tribu observó a los hombres blancos con curiosidad más que con temor.

Nadie tuvo que decir nada para saber lo que nos correspondía.

Y he de admitir que muchos experimentaron más alivio que decepción. Tolerar el hambre y llevar a cuestas el peso de una esperanza indómita nos tenían en verdad diezmados. Más de uno agradeció que nos llevaran a la reserva. Nadie se opuso a la marcha.

A la luz de una de las hogueras, antes de pernoctar por última vez junto al lago que por tantos días nos había permitido abrevar de sus aguas, miré a mi padre a los ojos. Lo había intentado hasta el límite de sus fuerzas. Nadie podía reprocharle nada, aunque él sí se lo reprochara una y otra vez en su interior. Quise transmitirle, a la distancia, lo mismo que Áweny me había dicho algunas horas antes. "Hiciste lo que pudiste." No sé si lo conseguí pero me sonrió como si no valiera la pena estar triste. Esa capacidad suya de lidiar tan bien con el presente.

El doctor Bunnell, en ese afán suyo que tenía de ponerles nombre a las cosas, decidió bautizar el lago esa misma noche con el nombre que a la fecha conserva y con el que se le puede identificar en todos los mapas: lago Tenaya.

Al paso de los años he podido comprender que no siempre la ausencia de desdicha implica felicidad. Y que nada puede suplir esa sensación de eternidad que da el júbilo por lo que se está viviendo, sea frío o calor, salud o enfermedad, pobreza o abundancia. La comodidad puede tornarse engañosa. Y la seguridad, en ocasiones, una trampa.

Recuerdo que mi padre trató de ser lo más entusiasta posible al llegar a la reserva. Recuerdo que Savage nos recibió con alegría sincera. Recuerdo que intentamos ser esos indios dóciles que esperaban los comisionados.

Nos alojaron en Fresno, a pesar de que en las reservaciones de King's River y Tejón había más espacio. Tuvimos que convivir de inmediato con todas las otras tribus que se encontraban ya recluidas ahí. Y aunque era imposible sacudirse esa sensación de derrota, nos consolaba el hecho de estar todos juntos, de poder gozar de los supuestos beneficios de pertenecer a la reserva, de forjar para nosotros un futuro, aunque fuese ahí dentro.

Nos asignaron un buen espacio. Y nos involucraron en las tareas de la reserva entera, dedicada desde ya a la agricultura. Los hombres cuidaban del ganado proporcionado por el gobierno y sembraban heno y vegetales. Hubo ropa y comida para todos. Aprendimos a trabajar la madera; muebles y cabañas. Se nos permitió seguir nuestras tradiciones y hasta salir a cazar de vez en cuando.

Pero no creo exagerar si digo que ningún yosemite se sintió jamás en casa.

Yo, al igual que otros hombres, levanté mi choza para recobrar mi independencia, en donde me instalé con mi piedra porosa y mis poquísimas pertenencias. Pero no podía evitar sentirme como un animal de granja. Los comisionados eran muy amables, al igual que los mineros y la gente del pueblo. Pero no bastaba. Eran amables del mismo modo en que lo es un hombre con su mascota. Y no dudo en afirmar que todos los yosemite nos sentíamos así.

Si hablara de alguna mejora, no sería desde el punto de vista tribal, sino individual. A partir de nuestra llegada a la reserva, mejoró mi relación con Luz de Día. Tengo la impresión de que el contacto con tantos pieles rojas de otras identidades la abrumó y por eso comenzó a buscarme. Jamás olvidaré esa tarde en la que estaba ayudando a serruchar un par de troncos cuando una bola de lodo me golpeó en la espalda. Era ella, de doce años otra vez. Así solía llamar mi atención cuando éramos niños.

"¡Trabajas demasiado!", dijo, sonriendo.

"Y tú holgazaneas demasiado", le increpé.

A partir de ese momento fuimos lo que tal vez nunca habíamos sido antes: amigos reales. Tarde comprendí que ni siquiera cuando éramos niños nos conocíamos. Y los meses que pasamos en la reserva fue tiempo recuperado, tiempo que el Gran Espíritu nos concedió para descubrirnos el uno al otro. Aún así, nunca me atreví, durante esa temporada, a pedirle que se mudara conmigo a mi choza. Tan grande era mi temor a perderla nuevamente que ni siquiera la tocaba. Nos hacíamos compañía. Hablábamos de mil cosas. Principalmente, de lo mucho que extrañábamos el Ahwahnee. Pero durante esa época nunca pasamos de una sonrisa fugaz que, al cabo de unos segundos, nos hacía mirar en otra dirección.

Y ése fue el único milagro de nuestro cautiverio. El ánimo en general era malo y ninguna otra tribu se mostraba más propensa a la tristeza que nosotros.

Nuestro contacto con los hombres blancos se redujo al mero trámite del abastecimiento de comida, ropa y provisiones en general. El doctor Bunnell se implicó con Savage en algunas actividades políticas de la región pero luego volvió al comercio y la minería. Boling aceptó el cargo de sherif del condado. Verdaderos soldados del ejército de la Unión acudieron a Fresno para custodiarnos, a pesar de que había sido declarado el fin de la guerra. Entramos en una especie de calma repugnante. La misma que debe sentir la bestia que ha sido domesticada y cuya razón de vivir olvida por completo.

En la reserva teníamos todo tipo de comodidades. Y la seguridad de jamás lamentar la escasa cosecha o la poca suerte en la caza o las inclemencias del clima.

Pero no éramos felices.

Así nos sorprendió el verano. El otoño y, de nueva cuenta, el invierno.

La gota que derramó el vaso, curiosamente, fue de un líquido con el que nunca supimos lidiar: el whisky.

Junto con las cosas buenas del hombre blanco, vinieron las malas. Mi hermano Conejo y varios de los hombres de la tribu se aficionaron a la bebida. Puesto que ciertas actividades eran remuneradas, a veces se pagaba con todo tipo de objetos curiosos. Fue en Fresno, gracias a mi participación en la renovación de las bancas de la iglesia, que tuve en mis manos mi primer reloj. Y he de confesar que, desde el principio, jamás pude renunciar al embrujo del paso del tiempo, a su huella en las personas y la materia prima que usa para marcarlas, para hacerlas humanas, eso que comunmente llamamos nostalgia. Y creo, por tanto, que ésa es la razón por la que ahora, tantos años después, me dedico a la relojería.

También, por supuesto, se pagaba con whisky si el indio así lo deseaba.

Recuerdo que mi padre esperó a que Savage estuviera de paso por Fresno para ir con él, directamente. Lo encontró charlando con unos hombres en las afueras de la reserva, justo en las oficinas de Asuntos Indígenas.

"Qué gusto verlo, jefe. ¿Qué lo trae por aquí?", dijo Savage en miwok, sin ocultar el cariño que sentía por mi padre, palmeándolo en la espalda. Aquel que alguna vez había perseguido con tanto ahínco a los yosemite no dejaba de aprender nuevos dialectos, algo que siempre me pareció digno de mucho respeto.

"Prefiero mostrárselo", le respondió mi padre.

Le pidió que lo acompañara a la reserva y así lo hizo el mayor. Caminaron en silencio. Era una hora temprana de la tarde. El sol estaba aún en lo alto pero no calentaba. Savage llevaba un grueso gabán; Tenaya, como siempre, sus ropas sencillas.

Cuando llegaron adonde el jefe quería, Savage no comprendió en principio. Un hombre dormía tirado sobre el fango, los moscardones se posaban en su piel sin ningún reparo, tenía puesto un pantalón de minero caído hasta la mitad de los glúteos. Toda su postura era, en cierto modo, indecente. Savage debió preguntarse qué tenía él que ver con ese indio ebrio, cuando mi padre habló.

"El hombre blanco me arrebató a mi hijo menor." Hizo una pausa y, con gran pesadumbre, añadió. "Ahora quiere arrebatarme también a mi hijo mayor."

A Savage se le encogió el corazón. El indio americano no sabía de infusiones etílicas, de borracheras y adicciones, no sabía de desvergüenzas como aquella... hasta que la corrupción del invasor se le metió en la piel. Más piedad sintió Savage que el mismo Tenaya, que había convivido y tolerado eso por meses.

"Alguna vez usted me prometió que podría hablar con los comisionados", arguyó mi padre. "Pues bien. Si tiene usted palabra, ese momento ha llegado. No pido otra cosa sino la vida de mi gente. Continuar aquí nos arrastrará, uno a uno, a la muerte."

A Savage le conmovió tanta dignidad e indignidad frente a sus ojos. El padre, como él lo conocía, todo un roble; el hijo, literalmente sumido en la mierda, caído en desgracia.

"No depende de mí, jefe. Pero haré todo lo que pueda. Vendré a buscarlo mañana."

Tal vez porque ya habían pasado varios meses. Tal vez porque estaba demostrado que los yosemite eran gente de paz. Tal vez porque el poder de Savage era, en verdad, de considerables proporciones. Tal vez porque la Guerra Mariposa, toda, había sido una monumental tontería.

O tal vez, simplemente, porque el destino de un pueblo es como el cauce de un río.

Lo cierto es que, a raíz de la petición de mi padre, ocurrió el milagro.

"Usted y su familia más cercana", dijo Savage, "no más de treinta, pueden marchar de regreso al Yosemite".

Era más que suficiente.

Y, con todo, ¿me creerías, hermano americano, si te digo que no hubo júbilo con la noticia? El invierno volvía a intensificarse. La vida tendría que ser difícil de nuevo. Había que retornar a un lugar que no tenía nada para nosotros. El primero en oponerse fue Conejo. Verlo así era doblemente pesaroso para mí: como si, en efecto, ya no fuese hijo de Tenaya. Como si mi hermano ya hubiese muerto.

"¿Estás loco, padre? ¡Tanto que nos ha costado adaptarnos para ahora volver al valle y en el peor momento del año!"

Nos encontrábamos reunidos fuera de una de las cabañas que ocupaban varios de los miembros de nuestra tribu. Estaban las esposas de mi padre, Conejo con sus mujeres e hijos, la viuda de Oso, su hijo y yo. Nadie más. La noche era tranquila pero gélida, las nieves no tardarían. A la distancia se escuchaba el barullo de los chookchancie, la tribu más cercana a la nuestra.

Nadie se atrevió a decirle a Conejo que Tenaya había conseguido la libertad gracias a su terrible comportamiento. De pronto todo el mundo tuvo miedo. Yo, inclusive. Marcharíamos de vuelta al valle. Y ni siquiera toda la tribu. Apenas unos cuantos. Áweny no había querido acompañarme a la reunión, recelosa de que lo que se hablara ahí debía competer sólo a la familia del jefe. Yo no tuve el valor de insinuarle que ella seguía siendo familia.

Miedo. Palabra terrible.

Mi padre nos miró con una benevolencia inusitada. Puso la mano extendida en la mejilla de una de sus mujeres, acariciándola. Puso sus ojos en todos pero, principalmente, en Conejo y en mí. Ambos escondimos nuestra mirada.

Y ambos comprendimos lo que nos decía sin hacer uso de palabras.

"Ya alguna vez llegué a ese valle sin nada y sin nadie. Puedo hacerlo de nuevo. El Gran Espíritu tampoco ahora me abandonará."

Sentí que ese momento me transportaba a aquel otro en que le pregunté. "¿Volveremos al valle en algún momento, padre?"

Hasta entonces comprendí que, en realidad, Tenaya no había abandonado el Ahwahnee nunca. Que cuando su cuerpo no contemplaba las estrellas con Tutokanola y Tissack flanqueándolo, su espíritu sí lo hacía. Hasta entonces comprendí que su alma nunca había salido del Yosemite. Y ahora sé que, a la fecha, tantos años después, nunca lo ha hecho.

Se acercó a un travesaño donde se encontraban tendidas algunas pieles recién curtidas de ciervo. Tomó una. Se la echó en los hombros. Ahí mismo arrojó al suelo las veintinueve tarjetas restantes que servían de salvoconducto. Caminó hacia la garita de la reserva.

Y si no he de faltar a la verdad, tendré que decir que no fui yo el primero en seguirlo.

Fue Flor sin Tallo, su esposa más fiel. Enseguida tomó una de las tarjetas del suelo y se le unió, a pocos pasos de distancia. Luego, uno de los hijos de Conejo, harto de las embriagueces de su padre.

Luego...

Luego me imaginé a ese hombre increíble llegando al Ahwahnee completamente solo, dispuesto a forjar una tribu o solamente una forma de vida. Y me dije que yo quería estar ahí. A pesar de los pesares, yo también quería estar ahí.

Tomé tres tarjetas. Corrí a mi tienda. Agarré mi piedra, mi reloj, mi canasto con pieles. Fui a la tienda de Luz de Día y, sin advertirle nada, me colé al interior. Estaba hincada, trenzando el pelo de su madre, canturreando una canción.

Tomé su mano.

La miré a los ojos.

Le entregué dos tarjetas.

Me eché a correr tras de mi padre.

Al segundo día, en el valle ya éramos los treinta permitidos por la Comisión de Asuntos Indígenas. Entre ellos, Conejo y su familia, aunque no Luz de Día. Ni Capullo, su madre.

Al quinto día, ya éramos cuarenta y cinco.

Y al séptimo, sesenta y uno.

Poco a poco los yosemite comenzaron a escapar de la reserva. Uno a uno o por grupos hasta alcanzar la cifra de noventa y cuatro en menos de un mes.

Supe que en Fresno se había levantado un revuelo por la fuga de tantos indios y que Savage tuvo que responder ante los comisionados, haciéndose responsable por ello, aunque al menos pudo convencerlos de que no valía la pena iniciar una nueva persecución. La buena reputación que los yosemite se labraron al interior de la reserva permitió a los comisionados confiar en que no habría problema.

Cuando Boling se enteró, no pudo menos que reír de buena gana. Savage lo había ido a visitar a la comisaría y se lo dijo en persona.

"Hay que admitir que ni usted ni yo amamos tanto ningún pedazo de tierra como esos indios", dijo Boling invitando a Savage a compartir un puro. "Así que creo que se lo merecen." Ambos estuvieron de acuerdo y no se habló más del asunto. A fin de cuentas la guerra había quedado atrás. El condado estaba en paz y se podía hablar nuevamente de prosperidad y sana convivencia entre todas las razas de California.

Al cabo de un par de meses terminaron los escapes y ningún indio de las tribus restantes quiso abandonar la reserva. En principio porque el invierno se mostraba duro y porque sabían que nada encontrarían a su regreso, pues casi todas las aldeas habían sido devastadas.

Nosotros, en cambio, intentamos por todos los medios recuperar lo perdido. Al final no se reconstituyó la tribu entera, éramos menos de la mitad. Capullo y su hija llegaron después de tres semanas. Llegaron solas y yo les cedí la choza que había levantado. Áweny me agredeció sinceramente pero algo en sus ojos había cambiado. Lo mismo que en los ojos de todos los demás. Habíamos vuelto a nuestra casa pero ya no la sentíamos enteramente nuestra. Supongo que es como cuando un bandido entra en tu hogar y hace de las suyas para luego largarse impunemente. Era el mismo río, el mismo lago, el mismo bosque, las mismas cumbres, el mismo valle. Y, a la vez, no lo eran.

Supongo que por eso muchos se entregaron al recelo. La mayoría de los hombres de la tribu coincidió en que no podíamos confiar en que la paz del hombre blanco sería duradera. Yo no quise participar del patrullaje ni la vigilancia, y no me obligaron, a sabiendas de mi carácter taciturno y apático. Conejo lo hacía sólo a veces; en realidad estaba y no estaba. En ocasiones se ausentaba por varios días e incluso corrió el rumor de que estaba enamorado de una mujer blanca.

Lo cierto es que sobrevivimos al invierno y, cuando al fin llegó la primavera, éramos de nuevo una tribu que subsistía por sus propios medios y, lo más importante de todo, en libertad. Pero el valle no era el mismo valle y nosotros no éramos la misma gente que alguna vez fue obligada a abandonarlo. Recuerdo que un día de tenue llovizna fui a buscar a Tenaya al sudatorio, donde a veces se encerraba para meditar, aunque él ya no fuese más de cacería. Me instalé con él al interior y conversamos brevemente.

Vienen a mi memoria la oscuridad, la respiración pausada del viejo, el silencio que no sabía yo cómo tomar en mis manos.

"Tú también te das cuenta, ¿no, Petirrojo?", dijo súbitamente.

"¿De qué, padre?"

"De que este tiempo... es tiempo prestado."

No, no me daba cuenta. Ni siquiera sabía a qué se refería exactamente. Pero a algo había acudido yo a ese extraño coloquio. Y alguna respuesta estaba buscando en él. Comprendí de pronto que su enorme capacidad de lidiar con el presente estaba dañada, que ahora también le pesaba el pasado. Como a mí. Como a todos.

"Y seguro también te das cuenta de que, como todo tiempo, llegará a su fin."

No me atreví a decir nada.

"Y estará bien", agregó.

Supe que al menos el futuro no le pesaba como el pasado. Y que incluso lo anhelaba.

"Es como si nos hubieran roto y, al intentar juntar las piezas", dije, "descubriéramos que no están todas. Que faltan pequeños trozos. Y que, sin esos pequeños trozos, nunca seremos los de antes".

Ni asintió ni negó. Suspiraba y permanecía con los ojos cerrados.

"El hombre viene a la tierra a ser feliz", exclamó. "Se instala en algún lugar y ahí pone su casa. Tiene a su familia. Envejece." Hizo una pausa. "Y no habría de bastarle más que esto para sentir que su paso por la tierra fue provechoso."

Paseó sus arrugadas manos por el suelo cubierto de ramas aromáticas. Los vapores del pozo seguían subiendo. Era como estar en el vientre materno, ningún sonido nos alcanzaba, ninguna preocupación.

"Pero es cierto que el ser humano no es como el lobo o el grizzly o el águila. El hombre necesita a veces demostrar algo. A sí mismo y a los demás. Porque a tu casa se la lleva el viento. Y a tu progenie, el tiempo. Pero a lo que demuestres, si tiene valor, nada habrá de llevárselo. Permanecerá en la memoria del mundo y del hombre."

Parecía volver a estar en paz. Y yo me contagié de ello. Sentí que podría salir del sudatorio y correr por el valle con Ysmati y Ciwe. Jugar a la cacería. Rodar por la hierba. Me esforcé para que no se me rompiera el corazón.

"No importa si nadie está tomando nota. Lo que hagas, si tiene valor, permanece", volvió a suspirar. Y, por primera vez, desde que entré al sudatorio, me miró. "Te confío esto, Witapy, para que sepas que lo que vas a hacer no es trivial. No es imposible. Y sí es, en cambio, muy necesario. Como cuidar a tu gente. Como amar a tu tierra. Como recordar, por siempre, a los que quieres."

Fue a finales de la primavera cuando dio comienzo ese futuro.

Puesto que el calor estaba en su apogeo y el clima era extremadamente benévolo en la sierra, ocurrió lo que seguramente temía mi padre desde el día en que permitió que un hombre blanco pusiera sus plantas en el Yosemite. La fama del lugar se propagó de tal manera que recibimos a la primera partida de curiosos.

Y no fue nada bueno.

Corría ya el mes de junio de 1853. Lo sé porque ya me interesaba yo por el registro de las cosas, el conteo de los días y de las horas.

Los centinelas de la tribu se habían apostado en las cercanías de South Fork, justamente para cortar el paso de los intrusos. Tres hombres blancos querían visitar el valle. Los indios les hicieron entender, como pudieron, que debían pagar tributo para poder pasar. Los visitantes se negaron. Al día siguiente intentaron acceder por otro lado y lo consiguieron. Cuando llegaron al valle, Alce Gris y Garra de Oso los emboscaron.

No fue nada bueno.

Sólo he de decir que mataron a dos de los hombres y el tercero escapó herido. Fue éste quien dio la alerta en Fresno, lo que ocasionó el principio del fin.

El teniente Moore, el nuevo encargado de apaciguar indios, tomó el asunto en sus manos. Reunió una brigada y se dirigieron al Yosemite. Mucho más hábiles que los mineros, estos soldados, que sí habían peleado en guerras verdaderas, capturaron a los cinco vigías que cuidaban la periferia del valle. Garra de Oso tenía puestas las ropas de uno de los hombres muertos.

Fusilaron a los cinco sin compasión.

Luego, Moore y sus hombres siguieron de frente hacia el Ahwahnee para cumplir con lo que, en la opinión del teniente, se debió hacer desde que los indios de esa tribu habían escapado: recapturarlos y forzarlos a permanecer en la reserva. Les gustase o no. Tuviese que correr la sangre o no.

Para su sorpresa, cuando llegaron al Yosemite, éste ya estaba completamente abandonado.

Ni una sola alma habitaba la aldea. Ni un solo fuego despedía humo. Ni un ruido escapaba del valle.

Solo. Como había estado desde el principio de los tiempos.

Como cuando ni siquiera el oso y el lobo y el mapache abrevaban en sus aguas.

Solo.

De nueva cuenta.

No sin tristeza he de decir que los percances no les fueron indiferentes a otros indios y que hubo revueltas tanto en Mariposa como en King's River. Se temió una nueva guerra, pues hubo asesinatos de hombres blancos que, naturalmente, no quedaron impunes. El mismo Boling se vio obligado a ajusticiar a un par de indios chowchilla. Pero no pasó a mayor.

¿Y nosotros?

El jefe Tenaya, desde que sus hombres mataron a los dos primeros blancos, supo que era el verdadero fin. Organizó la fuga y terminamos, esta vez sí, con los mono.

Dado que temíamos una verdadera persecución punitiva, nos vimos en la necesidad de ir con el jefe Águila Blanca y suplicarle que nos permitiera acampar en los márgenes de su aldea. Gracias a la buena relación que tenía con mi padre, pudimos asentarnos en esa tierra de manera pacífica.

Pero yo no dejaba de preguntarme, hermano americano, si aún éramos una tribu. Si valía la pena llamarnos de algún modo o sólo éramos un producto del azar, de la concatenación de eventos que llevaron a un hombre a habitar un valle, acoger a otros, vivir de su trabajo sin molestar a nadie y confiar, de la manera más ingenua en la historia del mundo, que tal modo de vida podía ser perpetuado por generaciones y generaciones. No dejaba de preguntarme si basta el hecho de que un hombre hiera la tierra con su planta para que sea recordado por otros hombres. Y no dejaba de preguntarme si una familia o una tribu o una nación dejan de existir cuando no alcanzan un sitio en la memoria de nadie.

Porque los menos de cien que llegamos con los mono éramos apenas un puñado de gente que a nadie importaba. Si desaparecíamos de la faz de la tierra, bien para los blancos, bien para los mono, bien para las demás tribus.

Creo que fue cuando encendimos nuestro primer fuego con los mono que comprendí a qué se refería mi padre. Y fue cuando creí en esa memoria del mundo que plasma todo aquello que es de valor. Y fue cuando supe que ninguna muerte es en vano si es por una causa justa. Cuidar a tu gente. Amar a tu tierra. Recordar a los tuyos.

Preservar tu libertad.

Demostrar que eres un indio yosemite y que estás orgulloso de ello.

Supongo que algo de esto ya lo veía mi padre en mí. Y por eso, a las tres semanas de permanecer con los mono paiute, me pidió que lo acompañara a un conciliábulo con el jefe Águila Blanca. Ni siquiera quiso involucrar a Conejo. Con el jefe mono se encontraban sus dos hijos, al interior del wetu familiar. Las mujeres tuvieron que salir y dejarnos solos. Se trataba de una reunión cordial que no tardó en adquirir un cierto aire de gravedad.

Entonces mi padre dijo, al cabo de un largo silencio:

"Águila Blanca, sabes que te respeto. Y sabes que no te causaría mal."

"Lo sé, Tenaya. Sé que eres mi hermano."

"Por eso te pido perdón desde este instante."

"Y yo te perdono sin titubear."

Los hijos de Águila Blanca y yo comprendimos que los dos jefes ya habían pactado algo que nosotros desconocíamos.

"Haz lo que tengas que hacer y sabe que siempre tendrás en mí a un hermano."

"Por tu honor prométeme que harás, tú también, lo que tengas que hacer."

"Así será."

La reunión continuó pero ya no pudimos salir de esa atmósfera de intriga afectuosa. Cuando abandonamos la tienda, comprendí que eso era una despedida. Y que tal cosa comprendía un atisbo de esperanza. Tal vez volveríamos pronto a nuestro valle.

Y lo hicimos.

Pero en circunstancias que llenaron a la gente de congoja.

Así quedó registrado, pero no fue del todo como se contó. El mismo doctor Bunnell, cuando supo la verdad, se maravilló de la decisión de Tenaya. Recuerdo que cuando se lo conté, sólo dio un soplo a su pipa y confirmó: "Tu padre siempre fue un hombre admirable en muy diversos sentidos, así que no me extraña, Pete. Y me quito el sombrero". Para esos momentos de nuestra charla, ya había comenzado a tutearme. Ya había nacido la amistad.

A la mañana siguiente, toda la tribu abandonó la aldea de los mono llevando un hato de siete caballos que creímos un regalo, pues fueron tomados por órdenes de Tenaya y todo fue permitido por los hombres de Águila Blanca, quienes los condujeron hasta nuestro campamento.

El entusiasmo era generalizado. Sabíamos que no había invasores en nuestro hogar. Tal vez la vida ahí aún era una posibilidad.

Fue hasta que alcanzamos el Yosemite que mi padre nos hizo la confesión.

"Estos caballos no son un regalo. Son un pretexto."

Nadie comprendió. Todavía no volvíamos a nuestras tiendas, aún intactas. Estábamos cansados del viaje pero mi padre no solía dar discursos.

Estábamos justo al pie de Tutokanola. Ni siquiera los bebés lloraban.

"Son un pretexto para la guerra", sentenció Tenaya.

En principio creí que hablaba de la guerra con los hombres blancos. Luego explicó. Y todo tuvo sentido. Un amargo y trágico sentido.

"Águila Blanca informará a su gente que los robamos. Así que esta tribu muere aquí y muere ahora. No es mi decisión. Es la decisión de los tiempos que nos han tocado vivir."

Pardeaba la tarde. El valle era un prodigio de belleza. El Gran Espíritu nos hacía ese último regalo, ese estallido de colores en el cielo, en las montañas, en el río, las cascadas, el lago, los árboles, cada piedra y cada mota de polvo. La gente observaba y callaba. Y se llenaba de congoja.

"Supongo que lo que teníamos era demasiado codiciable. Un lugar irrepetible. Una vida sin preocupaciones, sin odio, sin vicio. Supongo que lo que atesorábamos no tenía cabida en el mundo de hoy. Pero no me quejo. Fue hermoso. Acaso demasiado hermoso y por ello tenía que terminar algún día."

Algo se movía al interior de cada uno de nosotros. No todos habían nacido ahí, pero todos habían acogido ese valle como su casa, como el lugar
que les correspondía en la tierra.

"No podemos huir todo el tiempo. Por eso he
elegido esta otra opción. Y por razones que no puedo explicar, prefiero morir aquí que en ningún otro
lugar; prefiero morir luchando que rindiéndome a
la espera; prefiero morir a manos de mis hermanos
de piel cobriza que a manos del hombre blanco."

Juicioso como era, hablaba en singular. No
obstante, eso nos competía a todos.

"Todos son libres de irse y adquirir otra identi-
dad. Llamarse de otra manera y conformar otra tribu.
Yo nunca pude ser otra cosa que un yosemite. Por
eso he de permanecer aquí a que vengan mis hermanos los mono y me ayuden a morir dignamente."

Al fin se sentó en la dura superficie de la meseta
y extrajo un poco de comida de una talega que llevaba al hombro.

"Sepan", dijo antes de probar alimento, "que la
tribu muere aquí, pero no nuestro nombre ni lo que
hicimos para merecer el orgullo de portar ese nombre. Ustedes serán yosemite, ahwahneechee, hijos

y hermanos míos hasta el fin de sus días. Así que no sientan vergüenza de retirarse y dejarme aquí solo".

Congoja. Miedo. Estupor.

Pero todos los que ahí estábamos reunidos, todo lo que quedaba de la tribu, menos de ochenta ahora, habíamos tomado siempre la decisión de permanecer al lado de nuestro jefe. En el lago sin nombre, en la reserva en Fresno, con los mono paiute...

¿Volveremos al valle, padre? ¿Y para no dejarlo nunca más?

Poco a poco todo el mundo comenzó a hacer lo mismo que Tenaya. Sacar el alimento y sentarse a comer en el duro y polvoriento suelo de granito que se hacía uno con Tutokanola. Mujeres, niños, ancianos. Hombres.

Luz de Día se aproximó a mí y me tomó de la mano.

La noche cayó encima de nosotros los ahwah-neechee, los yosemite, los hermanos e hijos de Tenaya, hasta cubrirnos por completo.

Cuando desperté, Áweny era la única persona que faltaba en esa congregación. En cierto modo lo agradecí. No habría tolerado que pasara por eso. No frente a mis ojos.

El alba nos saludó a todos rendidos en el mismo lugar.

Los caballos de los mono pastaban en los alrededores. Ya ni siquiera estaban atados.

Nadie decía nada. Sólo los niños y los lactantes rompían el silencio de vez en cuando.

La tribu entera, con la excepción de Luz de Día, permanecía a la espera. Conejo había organizado a los hombres. Todos portaban sus lanzas, sus arcos y sus flechas.

Moriríamos luchando.

El sol aún se encontraba detrás de las montañas cuando se escuchó el grito de guerra de los mono paiute, que bajaban por alguna pendiente.

Mi padre se puso en pie.

"Les pido que se marchen. Por favor."

Más silencio. Un nuevo grito de guerra a la distancia.

"Por favor", insistió, con un claro temblor en la voz. Alguna vez había dicho que nada era más importante que el bienestar de su gente. Tal vez se arrepentiría en el último momento de su inusitada decisión.

Buscó algún tipo de simpatía en los ojos de su tribu. Todos miraban en lontananza, hacia el sitio, detrás de Tissack, desde donde venía, a todo galope, nuestro destino.

Pero ya éramos uno con nuestro jefe. Y pensábamos, como una sola mente, que hay muertes que valen por una vida. Y que hay vidas que no se pierden del todo cuando llega la muerte.

Las mujeres decidieron, repentinamente, que los más pequeños no tenían por qué correr esa suerte. Comenzaron a organizarse. En breve dos matronas se marcharon con los niños, directamente hacia el paso que llevaba al lago Tenaya.

El resto aguardó.

Puedo decir que mi padre se tranquilizó al ver que al menos los más pequeños no morirían. Días más tarde llegarían al puesto de abastecimiento de James Savage en South Fork y ahí serían reintegrados a la reserva. Y a otras tribus.

Se escuchaba el duro trote de los caballos de los mono. Su espantosa algarabía.

Todos aguardábamos.

Mi padre, entonces, me llevó aparte, como si hubiese estado esperando ese momento.

"¿Cómo vence el hijo de la tierra, Petirrojo?"

No comprendí en principio. Tuve que obligarlo a repetirme la pregunta. Y entonces recordé. Habían pasado prácticamente diez años pero recordé.

"Vence con la fuerza, vence con la astucia y vence con... con..."

Durante esos diez años había conjeturado muchas otras respuestas pero ninguna me pareció en ese momento la correcta. Sentí, después de mucho tiempo, que volvía a ser una decepción para él, para la tribu, para todos.

Pero mi padre me miró con un cariño como jamás antes había sentido. Era como si apenas hubiese descubierto que tenía un hijo que se llamaba Witapy y con el que alguna vez podría cazar y danzar y reír y vivir.

"Hijo mío, si a un hombre le quitaras su cuerpo, su nombre, su historia... ¿aún quedaría algo?"

"Sí", respondí sin vacilar.

"Acaso no haya modo de describirlo, pero sí de sentirlo. Y es más valiosa tal potestad que las otras dos juntas para triunfar sobre cualquier cosa. ¿Se le puede llamar de alguna forma? Tal vez. Pero eso no es lo importante. Lo importante es que hay momentos en los que un hombre se siente lleno de esa virtud. Ha de usarla, entonces, para vencerse a sí mismo. Y luego, al mundo."

Era cierto. Me sentía inspirado en ese momento. Lleno de valor, orgullo, alma, corazón, inspiración... Imposible describirlo. Y creía que esa historia podría terminar de otro modo. Tal vez venciendo a los mono, recuperando el valle, creciendo junto al grizzly, el río y el árbol, conquistando un futuro para todos. Pero mi padre, supongo, lo supo todo el tiempo. Los mono al fin tocaron el valle. Y venían hacia nosotros. Sólo había que franquear el río. Era cuestión de segundos.

"Ve por tu roca", dijo Tenaya.

"¿Qué?"

"Tu roca. Ahora."

Fui al sitio en el que había dejado mis pocas cosas. Volví con la piedra, cubierta por mi bolsa, entre los brazos. Mi padre la sacó del morral y la arrojó contra el suelo. Consiguió romperla en cuatro pedazos, causando espontáneas nubecillas de polvo blanco. Volvió a arrojar un par de pedazos, echó al morral los fragmentos resultantes y me lo entregó.

"Tutokanola me lo confirmó. No fuimos sólo un pueblo que por fortuna fue acogido en el sitio más hermoso de la tierra. No. Fuimos los hijos predilectos de todo lo que respira en este valle, porque lo amamos y respetamos desde el primer día."

No entendía nada y los mono estaban ya con los caballos en el agua, lanzando alaridos, sosteniendo en alto sus lanzas.

"Nos llamaron parias y asesinos, Petirrojo. Pero somos hijos de la tierra y hermanos del hombre. Todas las tribus de Sierra Nevada saben tan bien como nosotros que al grizzly se le vence sólo si el espíritu del grizzly está en paz contigo."

Puso su mano sobre mi pecho y comprendí que era mi momento.

Ésa fue la segunda vez que rompí mi promesa de no volver a llorar por nada.

"Ve y demuéstrales a todos, a esta buena gente y a los mono, que no fuimos sólo un pueblo afortunado."

Lo supe como si lo llevara inscrito en la piel. Acaso así fuera. Como si desde el principio hubiera llevado en mí la consigna de ser una roca porque sólo una roca podía mirar de frente al gran Tutokanola, ser uno con él. Porque sólo una roca puede permanecer quieta y no temer al vendaval, al tiempo, al frío, a una caída, al miedo, a nada.

Metí ambas manos en la talega y acaricié los fragmentos de roca. Extraje las manos cubiertas de polvo blanco y comencé el ascenso. Con la seguridad que brinda el saber que no se tiene nada que perder, a pesar de lo mucho que se desea demostrar, comencé a subir.

Para entonces ya toda la tribu estaba con los ojos puestos en la pared de granito. Yo insertaba mis dedos en las grietas. Mis pies. Era una araña, una ardilla, un carnero. Era, por una vez y para siempre, un yosemite, hijo predilecto del valle y de la tierra. Y podía demostrarlo.

Ya rebasaba el suelo por más de sesenta pies cuando llegaron los mono. Detuvieron sus caballos. Guardaron silencio. Se unieron a la callada contemplación del lunático que escalaba sin ningún tipo de protección. Ninguna soga. Nada.

Y a mí me inundó un extraño júbilo porque sabía que me impulsaba aquello que era más valioso que la fuerza y la inteligencia. Estaba lleno de tal virtud. Me sentía capaz y dispuesto. A ratos me detenía porque la ruta elegida no me favorecía. A ratos avanzaba más bien de forma horizontal. En alguna ocasión perdí el paso. En alguna otra tuve que aguardar por varios minutos. Siempre asistido por el polvo de mi piedra. Siempre con la determinación de saber que Tutokanola y yo éramos como Oso, Conejo, Lobo, Trébol, Bellota, Hierba, Tronco, Río.

Hermanos.

Siempre a sabiendas de que cada hombre lleva un tatuaje distinto al de todos los demás en su interior.

Y que eso, a fin de cuentas, es su mayor fortaleza.

Mentiría si no dijera que esperaba que los mono no iniciaran esa pequeña guerra. Pero después de tres horas de ascenso, cuando seguramente ya era yo un punto indistinguible en la roca, escuché a lo lejos el ruido de la batalla. Las lágrimas volvieron a inundar mis ojos. Ninguno de los indios yosemite de la Sierra Nevada sobrevivió a tan cruenta lucha. Mi consuelo era que a partir de ese momento el espíritu de mi padre podría acompañarme hacia la cima.

Y con toda seguridad que así fue.

Llegué con el crepúsculo. Tres mil pies de ascenso sin usar nada más que mis manos y mis pies. Y el polvo blanco de la piedra, que era como la savia de la montaña. Arriba me esperaba Áweny. Mi padre se lo había ordenado.

Mejor que el triunfo de mi escalada fue el abrazo que me prodigó al verme llegar.

Mejor que la vista del valle desde la cumbre fueron sus ojos en los míos.

Desde ese momento.

Y para siempre.

Hermano americano, lego a ti estas palabras abrigando el anhelo de que hagan eco en ti y en tu gente, que también es mi gente.

Recordarás que lo dije.

La palabra miwok significa "gente".

Tú y yo y el hombre amarillo de Asia y el hombre negro de África y el hombre de cualquier lugar, por alejado que esté de cualquier otro hombre.

Hermano americano, hago a ti este relato para que conste que lo que queda en la memoria del mundo, aunque parezca un triunfo de una sola persona, es, en realidad, un triunfo de todas las personas. Porque así lo quiere el Gran Espíritu, que no es más que tú y yo y el universo:

Una sola tierra.

Una sola tribu.

Una sola gente.

currió un lunes por la mañana de inicios de 1982. Jamie, la secretaria del señor Robbins, le anunció que el señor Connors ya se encontraba ahí, nuevamente. Royal Robbins le permitió pasar de inmediato y le pidió que tomara asiento. El cuadernillo de Petirrojo se encontraba ya sobre el escritorio.

—Es absolutamente asombroso —dijo Robbins, aún entusiasmado.

—Supuse que pensaría así.

—Ray Jardine y Bill Price lograron hacer un ascenso libre en el 79 a través de la cara poniente del Capitán. ¡Pero les llevó días!

Connors le sonrió inmediatamente. Era una pequeña victoria, a fin de cuentas. Para algo lo habría escrito Petirrojo, su bisabuelo. Y seguramente era para producir esa reacción.

—¿Entonces usted lleva sangre yosemite? —espetó Robbins mientras servía agua en sendos vasos.

—Y se podría decir que usted también —reviró Connors.

Robbins iba a objetar, pero el hombre de tez oscura le señaló la muñeca. Robbins se sintió abrumado. Era como decir que Tutokanola, El Capitán, lo había elegido también a él, que no era sólo un muchacho afortunado el día que llegó al Camp 4 y decidió quedarse a hacer alpinismo.

—Me gusta pensar... —dijo Don Connors, quien ya paladeaba la idea de que él y Robbins se hicieran amigos— que si a veces te sientes lleno de eso que te hace intentar lo que antes nadie ha osado... eres yosemite por herencia.

Robbins sonrió.

—O miwok —dijo levantando su vaso, a manera de brindis.

—Una tierra. Una tribu —consignó Connors.

Y chocó ambos cristales.

Varios años después, en 2012, cuando Alex Honnold y Hans Florine rompieron el récord de ascenso libre en El Capitán al llegar a la cima en tan sólo 2 horas con 23 minutos, dicen que con la comitiva de siempre los aguardaba un indio anciano.

Dicen que consigo llevaba un cuadernillo y un bolígrafo.

Y una sonrisa a prueba de tiempo en los labios.

OTROS TÍTULOS

EN ALFAGUARA JUVENIL...

LAINI TAYLOR

EL
SOÑADOR
DESCONOCIDO

LIAN HEARN

EL EMPERADOR
de las OCHO ISLAS

CUENTOS DE SHIKANOKO